LES MÉTAMORPHOSES D'ALEX
VOLUME I

BUFFY CONTRE LES VAMPIRES
AU FLEUVE NOIR

1. *La Moisson*
Richie Tankersley Cusick
2. *La pluie d'Halloween*
Christopher Golden et Nancy Holder
3. *La Lune des Coyotes*
John Vornholt
4. *Répétition Mortelle*
Arthur Byron Cover
5. *La Piste des Guerriers*
Christopher Golden et Nancy Holder
6. *Les Chroniques d'Angel I*
Nancy Holder
7. *Les Chroniques d'Angel II*
par Richie Tankersley
8. *La Chasse Sauvage* (avril 2000)
par Christopher Golden et Nancy Holder
9. *Les Métamorphoses d'Alex I*
par Keith R.A. DeCandido
10. *Retour au Chaos* (mai 2000)
par Craig Shaw Gardner
11. *Danse de Mort* (juin 2000)
par Laura Anne Gilman et Josepha Sherman
12. *Loin de Sunnydale* (septembre 2000)
par Christopher Golden et Nancy Holder

Buffy contre les vampires

LES MÉTAMORPHOSES D'ALEX

VOLUME I

par

KEITH R.A. DECANDIDO

D'après les scénarios Le Chouchou du Prof, *de David Greenwalt,* La Momie Inca *de Matt Kiene et Joe Reinkemeyer et* Un Charme Déroutant *de Marti Noxon.*

FLEUVE NOIR

Titre original :
Buffy the Vampire Slayer : The Xander Years - Volume I
Traduit de l'américain par
Isabelle Troin

Collection dirigée par
Patrice Duvic

ISBN : 2-265-06990-6

CE SOIR (1)

La dispute éclata quand Cordélia vit comment Alex était habillé.

Le jeune homme venait d'entrer au *Bronze* quand sa petite amie se jeta littéralement sur lui.

— C'est quoi, cette tenue ?

— Ça s'appelle des vêtements.

— Non : moi, je porte des vêtements. Toi, tu portes des haillons. Alex, connais-tu seulement le sens du verbe « accessoiriser » ?

Réussissant à secouer la tête et à lever les yeux au ciel en même temps, le jeune homme répliqua :

— Bien sûr. Accessoiriser, verbe dérivé du nom accessoire. « Capacité de se soucier de ce dont on a l'air bien davantage qu'il n'est nécessaire pour un simple contact humain ».

Avec un geste suppliant, comme si elle avait voulu l'empêcher de se jeter du haut d'un pont, Cordélia protesta :

— Alex, tes vêtements te définissent aux yeux du monde extérieur. Ils font passer un message du genre « Je suis cool », « Je suis un athlète », « Je suis une grosse tête » ou, dans ton cas, « Je suis un naze coincé au bas de l'échelle sociale ».

A partir de là, la situation dégénéra...

Jusqu'au moment où ils se réconcilièrent, derrière la porte des toilettes.

Alex rentra chez lui et se laissa tomber sur son lit. Allongé sur le linge sale artistiquement répandu parmi les draps, il croisa les bras derrière sa tête, le regard rivé au plafond.

L'un dans l'autre, cette soirée avec Cordélia s'était déroulée exactement comme les précédentes : engueulade pendant la première heure, embrassades pendant la suivante.

Ce n'était pas du tout ainsi que je me représentais un rendez-vous amoureux, songea-t-il. *Quand je m'imaginais sortir avec Buffy, ça se passait très différemment...*

Tournant la tête vers sa table de nuit, il observa la photo posée près du radio réveil. Mme Rosenberg l'avait prise pendant qu'ils étaient en seconde ; on y voyait Willow, Alex et Buffy souriant à l'objectif. Tous trois avaient les cheveux plus longs à l'époque.

Les choses semblaient tellement simples. Buffy tuait des vampires et on essayait de l'aider. Angel était juste le type mystérieux qui apparaissait de temps en temps pour lâcher un message énigmatique avant de se volatiliser ; Cordélia nous pompait l'air comme elle sait si bien le faire ; il n'y avait ni Oz, ni Mlle Calendar, ni Kendra, ni Spike et Drusilla. Juste nous trois et Giles contre les méchants. C'était le bon temps...

Alex fixa la photo.

Qui est-ce que j'essaye de berner ?

S'il pensait à leur année de seconde avec nostalgie, c'est parce qu'à l'époque, il croyait avoir une chance avec Buffy.

Il se souvenait encore de la première fois qu'il l'avait vue, le jour où elle était arrivée dans leur lycée et avait monté l'escalier d'un air hésitant. Elle l'avait aussitôt fasciné, à tel point qu'il était allé s'écraser avec son skate-board contre la rambarde.

Plus tard, il lui avait offert un bracelet qui disait : « A toi pour toujours ». Il lui avait demandé d'être sa cavalière pour le bal de fin d'année. Il avait lutté à ses côtés contre le Maître, et même tué un de ses meilleurs amis après que celui-ci se fut fait vampiriser.

Jesse...

Alex tourna la tête vers son bureau où était posée une autre photo, plus ancienne, le représentant en compagnie de Willow, de Jesse et d'Andréa. Elle remontait à la troisième, quand ils étaient encore au collège, avant qu'Andréa ne déménage et que Jesse ne fût changé en monstre.

Je parie que tu n'y croirais pas si tu me voyais avec Cordy, se dit-il en regardant son vieux pote. *Moi-même, j'ai parfois du mal...*

Alex connaissait Cordélia depuis qu'ils avaient cinq ans, et ils s'étaient détestés au premier regard. La petite fille avait dit quelque chose de méchant à Willow (il ne se souvenait plus quoi), et Alex avait contre-attaqué en lui renversant un bol de crème glacée sur la tête. Elle s'était mise à pleurer ; leurs parents étaient arrivés et il avait été puni.

Malgré les douze années écoulées, les choses n'avaient pas beaucoup évolué entre eux. Si on exceptait qu'ils s'embrassaient dans les coins sombres depuis quelques mois...

Si Willow et Alex avaient fondé le Club Anti-Cordélia Chase, Jesse avait toujours été attiré par la jeune fille. Mais il n'avait jamais réussi à sortir avec elle ; à présent, c'était Alex qui héritait de ce douteux privilège.

Ça pourrait être pire, songea-t-il pour se réconforter. *Au moins, Cordy n'est pas une menace immédiate pour mon existence. Ma santé mentale, peut-être, mais pas mon existence...*

Frissonnant malgré la tiédeur de la nuit californienne, il ne put s'empêcher de penser à une certaine Mlle French, remplaçante du professeur de biologie...

Alex reprit la tête [illegible] une autre place [illegible] Willow, de Jesse et d'Andrea. [illegible] [illegible] avant [illegible]
[illegible] lycée.

Le [illegible] son vieux [illegible]

[illegible] depuis que [illegible] premier [illegible] Alex [illegible] comme [illegible] la vie. [illegible]

[illegible] qu'ils [illegible] dans le [illegible] depuis [illegible]

Si Willow et Alex avaient fondé le Club [illegible] toujours été [illegible] avec [illegible] c'était Alex qui [illegible]

[illegible] sa [illegible] moins [illegible] mon [illegible]

[illegible] de la [illegible] ne pas s'empêcher de penser à une [illegible] du professeur [illegible]

LE CHOUCHOU DU PROF
DÉBUT DE SECONDE

CHAPITRE PREMIER

L'attaque du vampire prit les clients du Bronze *complètement au dépourvu.*

Même Buffy – l'Elue, la Tueuse – n'était pas prête. Elle tenta de combattre le monstre, mais il était trop fort pour elle.

Une fille poussa un hurlement tandis que la créature jetait Buffy sur la table de billard rouge, puis faisait mine de lui sauter dessus. La peur se lisait sur le visage de la Tueuse. Elle était sans défense. Etait-ce la fin ?

Pas si j'avais mon mot à dire.

— Excusez-moi de vous déranger, dis-je en saisissant le vampire par le col.

Il se retourna et voulut me prendre à la gorge, mais je l'attendais de pied ferme. Je lui cognai la tête contre le bord de la table de billard, le relevai, lui flanquai un coup de poing dans l'estomac et un autre dans la mâchoire, qui l'envoya voler à l'autre bout de la pièce.

Puis je me dirigeai vers Buffy et lui tendit la main pour l'aider à se relever. Elle était magnifique dans sa robe rouge décolletée.

— Tu vas bien ? lui demandai-je en plongeant mon regard dans le sien.

Ses yeux bleus se levèrent vers moi, pleins de gratitude et de désir.

— Grâce à toi, souffla-t-elle en me prenant la main. Oh, tu t'es fait mal.

Je n'avais même pas remarqué la douleur. Après tout, j'avais une mission à accomplir : que m'importaient quelques égratignures ?

— *Pourras-tu quand même... ? demanda Buffy d'une voix enrouée par l'émotion.*

J'achevai à sa place :

— *Finir mon solo de guitare et t'embrasser comme tu ne l'as jamais été ?*

Ravie, elle hocha la tête.

Je souris. Autour de moi, toutes les filles du Bronze *manquèrent se pâmer. Certaines lancèrent un regard venimeux à Buffy, comme pour demander : «Qu'est-ce qu'elle a de plus que moi ? Qu'a-t-elle fait pour mériter un garçon pareil ? »*

Personne ne remarqua que le vampire s'agitait dans son coin... A part moi, mais je fis mine de l'ignorer en me dirigeant vers la scène pour reprendre ma guitare.

En passant près d'une table renversée, j'arrachai un de ses pieds, pivotai sur moi-même et, rapide comme l'éclair, l'enfonçai dans la poitrine de la créature qui venait de se relever.

Le pieu improvisé trouva sa cible ; le vampire s'effondra et tomba en poussière.

Buffy porta les deux mains à son cœur, et ses yeux se remplirent de larmes.

Je n'y peux rien : je fais toujours cet effet aux nanas.

Je bondis sur scène, empoignai ma Fender et attaquai un des meilleurs solos de mon considérable répertoire.

Buffy me jeta un regard sévère.

— *Tu baves.*

— *Hein ?*

— Alex, tu baves, répéta Buffy Summers.

Le jeune homme cligna des yeux et s'essuya le menton d'un revers de main.

Il était reconnaissant à Buffy de l'avoir alerté avant que le docteur Gregory ne rallume la lumière. Mais il aurait préféré rester dans son monde imaginaire jusqu'à la fin de cette assommante projection de diapositives.

Assis à la table de Formica noir qu'il partageait avec sa meilleure amie, Willow Rosenberg, Alex tenta de se concentrer sur le discours de leur professeur de biologie.

— ... dont les ancêtres firent leur apparition bien avant les nôtres, et dont la progéniture demeurera bien après la nôtre.

Quelle progéniture ? songea Alex, au bord de la panique. *De quoi parle-t-il ?*

Il jeta un coup d'œil à Willow. Fidèle à son habitude, elle était suspendue aux lèvres du docteur Gregory. Au moment où il allait lui chuchoter une question, le professeur ajouta :

— La vulgaire fourmi.

Alex poussa un soupir de soulagement. Les fourmis, ça le connaissait : depuis dix-sept ans, il en écrasait dans son jardin.

Puis le docteur Gregory éteignit le projecteur et ralluma. En fin de compte, heureusement que Buffy l'avait réveillé : une minute de plus, et toute la classe aurait pu le voir baigner dans une flaque de sa propre salive.

A travers ses lunettes de myope, le docteur Gregory étudia ses élèves tandis que la lumière revenait dans le laboratoire.

Comme il s'y attendait, la moitié d'entre eux semblaient émerger d'une petite sieste. Il adorait faire des projections de diapositives, moins pour leur valeur éducative que pour voir qui prêtait attention à ses cours. Willow Rosenberg avait écouté avidement ses explications. Bien entendu, Alexandre Harris avait fait le contraire.

A la grande déception du docteur Gregory, tel était aussi le cas des occupants de la table voisine, Mall et Summers.

S'agissant de Blayne Mall, il n'était pas vraiment surpris. Le garçon avait un cerveau en état de marche et il obtenait des notes correctes. Mais en tant que star de l'équipe de football, il considérait le sport comme sa vie et l'école comme un mal nécessaire.

De la part de Buffy Summers, en revanche, le docteur Gregory attendait mieux.

Il s'avança entre les tables.

— Si vous avez fait vos devoirs à la maison..., commença-t-il.

Plusieurs élèves frémirent, ce qui n'échappa pas à son regard vif.

— Vous devez connaître les deux façons dont les fourmis communiquent entre elles. Mlle Summers ?

Buffy adopta aussitôt l'air de biche prise dans les phares d'une voiture commun à tous les étudiants n'ayant pas la moindre idée de ce qu'on leur demande.

— Les deux façons dont les fourmis communiquent..., répéta-t-elle pour gagner du temps.

Le docteur Gregory acquiesça.

— ... Entre elles, ajouta la jeune fille, paniquée.

— Selon votre manuel, approuva complaisamment le docteur Gregory.

Summers fixait maintenant un point, au-dessus de l'épaule du professeur.

— Euh... Le toucher et... la transpiration ?

Rosenberg était sans doute en train de lui donner des indices en palpant et en reniflant Harris.

Le reste de la classe éclata de rire.

— Dieu merci, quelqu'un a enfin eu le courage de mentionner la transpiration, marmonna Mall.

— Le toucher et l'odeur, rectifia le docteur Gregory avec une fausse sévérité. Y a-t-il autre chose que Mlle Rosenberg souhaite vous souffler ?

Il n'eut pas besoin de se retourner pour voir sa meilleure élève blêmir.

Puis la cloche sonna, indiquant la fin du cours. Avant même qu'elle se soit tue, le laboratoire s'emplit du raclement des tabourets tandis que les étudiants se levaient et se préparaient à sortir dans une indescriptible bousculade.

— Très bien. Pour demain, vous lirez les chapitres six à huit de votre manuel, ordonna le docteur Gregory en haussant la voix afin de se faire entendre par-dessus le brouhaha.

Il se tourna vers Buffy.

— Mlle Summers, je peux vous parler une seconde ?

A nouveau, il eut droit au regard apeuré de la biche prise dans les phares.

Pendant que les autres élèves quittaient le laboratoire, il entendit Mall interpeller une de ses camarades.

— Cheryl ! Attends-moi, poupée.

Poupée ? songea le professeur. *Personne n'emploie plus ce mot depuis l'époque où j'étais lycéen !*

Mall se tourna vers Harris.

— Canon, pas vrai ? Tu sais ce que veulent les filles comme elle ? (Puis, avant que son condisciple ait une chance de répondre :) Je suppose que non...

Il s'éloigna avec une grimace ironique. Furieux, Harris se dressa sur la pointe des pieds.

— Quelque chose de vraiment cinglant ! cria-t-il dans son dos. (Il se tourna vers Rosenberg.) Parfois, on est obligé de recourir aux insultes *très* génériques.

Son amie acquiesça sagement.

— Pourquoi payer une marque plus cher ?

Le docteur Gregory secoua la tête.

S'ils passaient autant de temps à étudier qu'à s'envoyer des vannes, ils seraient en doctorat !

Très vite, il ne resta plus dans le laboratoire que Buffy Summers et le professeur de biologie. Celui-ci, qui n'avait pas cours l'heure suivante, entreprit de réunir ses diapositives.

— J'ai cru comprendre que vous avez eu quelques problèmes dans votre lycée précédent, lança-t-il.

— Comme tous les adolescents, bafouilla la jeune fille.

— Passe encore que vous séchiez les cours et que vous vous bagarriez avec vos camarades, mais heureusement que tous mes élèves ne sont pas pyromanes ! N'ayez pas l'air si étonné : le proviseur Flutie m'a montré votre dossier.

— Pour ce qui est de l'incendie du gymnase... J'avais des circonstances atténuantes, dit très vite Summers. Si je vous racontais ce qui s'est vraiment passé, ça vous ferait sans doute beaucoup rire...

Le docteur Gregory se dirigea vers l'étagère où il avait posé ses lunettes.

— J'ai hâte de voir ce que vous allez inventer ici...

— Miss Catastrophe, c'est moi, confessa Summers d'un air penaud.

— Mais j'espère que ce sera formidable.

La jeune fille écarquilla les yeux.

— Vous dites ça au sens ironique du terme, pas vrai ?

Le docteur Gregory lui sourit en essuyant ses verres avec sa cravate.

— Vous êtes une fille intelligente. Imaginez de quoi vous seriez capable si vous vous décidiez...

— A faire mes devoirs ? suggéra Buffy.

— A faire vos devoirs, acquiesça le professeur. Je suis certain que vous avez une bonne excuse pour ne pas étudier, et croyez-le ou non, ça m'est égal. Je sais que vous pouvez devenir une bonne élève, et je n'en attends pas moins de votre part. Est-ce clair ?

— Oui. Désolée.

Les lycéens disaient toujours qu'ils étaient désolés. Pour une fois, le docteur Gregory avait envie que ce soit sincère.

— Je veux juste que vous bossiez. Et que vous ne vous souciez pas de l'opinion négative du proviseur à votre sujet... ou de celle de quiconque, d'ailleurs. Faites-lui bouffer votre dossier ; prouvez-lui que vous valez mieux que ce qu'il croit.

Cette fois, Summers eut un vrai sourire.

— D'accord. Je vais essayer.

Le docteur Gregory hocha la tête.

— Chapitres six à huit, lui rappela-t-il.

Pendant que Summers quittait le laboratoire, il chaussa ses lunettes.

Une réaction positive, songea-t-il. *Etonnant ce qu'on peut obtenir de ces gosses quand on les traite comme des êtres humains.*

Il éteignit le néon et ralluma le projecteur. Il devait encore passer en revue les diapositives qu'il montrerait aux terminales pendant le prochain cours.

Avec le bac qui approche, pas de risque que ceux-là s'endorment durant la séance !

Il examina l'image d'une espèce de salamandre. Le docteur Gregory avait un faible pour les reptiles et les amphibiens, dont il trouvait les attitudes fascinantes. Les insectes ne l'intéressaient pas beaucoup ; il avait hâte que ses classes de seconde passent à une autre partie du programme.

Un bruit étrange s'éleva derrière lui. Il crut entendre comme un piétinement.

Puis il se sentit saisi par le cou et arraché à son tabouret. Ses lunettes tombèrent sur le sol.

La dernière chose qu'il vit fut une paire de mandibules géantes.

Sa dernière pensée fut : *Mais c'est impossible !*

CHAPITRE II

En règle générale, Buffy Summers jugeait que Sunnydale, en Californie, aurait dû figurer dans le dictionnaire comme illustration de l'adjectif ennuyeux. Sans la Bouche de l'Enfer et les démons qu'elle crachait périodiquement, la petite ville aurait été l'endroit le plus morne du monde.

Heureusement qu'il y a le Bronze, songea-t-elle.

L'unique club de Sunnydale ouvrait ses portes aux lycéens, fournissant ainsi un lieu de réunion à tous ceux qui n'avaient pas l'âge de boire de l'alcool.

Ce soir-là, un groupe de rock donnait un concert. Mais comme il ne faisait pas dans le trash ni le métal, Buffy et Willow arrivaient à tenir une conversation sans être obligées de hurler.

— Alors, comment ça s'est passé avec le docteur Gregory ? s'enquit Willow.

— Plutôt bien. Il ne m'a pas crié dessus ni rien. Il s'est montré assez cool. (Buffy soupira.) Mais le proviseur Flutie lui a fait voir mon dossier. Apparemment, il me considère comme à peine moins dangereuse que Charles Manson.

C'était la seule chose qui l'avait ennuyée dans sa petite discussion avec le professeur de biologie. Quand elle était arrivée à Sunnydale, Flutie lui avait pourtant expliqué en long, en large et en travers que ses antécédents ne comptaient pas et qu'il lui offrait une chance de repartir de zéro.

Au temps pour ses bonnes paroles, songea-t-elle amèrement.

— Bien entendu, tu ne peux pas expliquer au docteur Gregory ce qui s'est réellement passé dans ton ancien lycée, fit Willow avec une grimace.

— Que je luttais contre des vampires ? Mon petit doigt me dit qu'il risquerait de ne pas me croire, dit Buffy.

Son amie hocha sagement la tête.

— Oui, c'est le genre d'excuse qu'on doit lui servir tout le temps.

Buffy sourit. C'était une des choses qu'elle préférait chez Willow, cette capacité à balancer innocemment des remarques qui auraient été sarcastiques dans la bouche de n'importe qui d'autre.

Leur conversation fut interrompue par l'arrivée de Cordélia Chase.

Puisqu'on parle de gens sympas, voilà la championne de ceux qui ne le sont pas...

— On a un problème, annonça la pom-pom girl brune en s'approchant de Buffy et de Willow. Il semble que ma table habituelle soit occupée par deux débiles. Maintenant, il va falloir la brûler.

Buffy serra les dents. Cordélia avait été la première à l'accueillir lors de son arrivée au lycée de Sunnydale, et à lui offrir son amitié. Mais les activités nocturnes de la Tueuse étaient rapidement venues s'interposer entre elles.

Depuis, Cordélia la snobait ; comme elle était la fille la plus populaire de l'établissement, les chances de Buffy de réussir à se faire d'autres amis qu'Alex et Willow en étaient réduites au zéro absolu.

Bien que je ne sois pas certaine de vouloir copiner avec quelqu'un qui boit les paroles de Cordélia, songea la Tueuse.

Elle en avait marre d'être la cible des vannes de sa camarade, aussi lança-t-elle d'une voix moqueuse :

— C'est vrai que tu as tellement de souvenirs à cette table. Toi et Lawrence, toi et Mark, toi et John... C'est ici que tu as passé l'alphabet en revue entre les lettres J et M.

Surprise que quelqu'un ose lui répondre, Cordélia fit un claquement de langue désapprobateur et s'éloigna.

— Ouah. Pas de réaction, constata Buffy, surprise.

— Tu as rouvert une de ses blessures secrètes, expliqua Willow. Lawrence l'a plaquée avant qu'elle ait une chance de le faire. Je ne crois pas qu'elle s'en soit remise.

Le *Bronze* était un endroit bien plus agréable dans les fantasmes d'Alex. D'abord, il y avait plus de filles. Les seules qui traînaient là ce soir étaient soit accompagnées par leur petit ami, soit pendues aux basques de Cordélia. Pour le moment, sa Glaciale Majesté tenait audience au comptoir devant un capuccino.

Alex se dirigea vers la scène et s'arrêta à l'endroit où Buffy l'avait admiré dans son rêve. Il adressa un bref hochement de tête au guitariste, qui le toisa comme s'il était un cafard mort.

La prochaine fois, songea le jeune homme, *je devrais essayer avec quelqu'un que je connais.*

S'étant déjà modérément ridiculisé, il se mit en quête de Buffy et de Willow.

Il se traîna jusqu'aux canapés qui s'alignaient dans un coin, près du comptoir, mais n'y découvrit que Blayne et un de ses camarades de l'équipe de football dont le nom lui échappait. Si Blayne n'avait pas été le « partenaire » de biologie de Buffy, il n'aurait pas fait attention à lui non plus. Il prit mentalement note d'oublier le nom de tous les types plus athlétiques que lui.

— Sept, était en train de dire Blayne.

Alex crut d'abord que le jeune homme annonçait le résultat de son dernier test de QI, mais il ajouta aussitôt :

— Avec Cheryl. Et si ça n'avait tenu qu'à sa sœur, j'en serais à huit.

— Oooh ! La sœur aînée de Cheryl, celle qui est à la fac ? demanda l'autre footballeur en ouvrant de grands yeux.

— Elle est rentrée à Sunnydale pour les vacances, et elle se cherche un petit copain. Mais ce n'est pas mon type. Je n'aime que les filles qui ont quelque chose de spécial.

— Une lobotomie, par exemple ? ne put s'empêcher de lancer Alex.

Blayne ricana.

— Et toi, combien tu t'en es fait ?

— Ben, euh...

Comment je me débrouille pour me fourrer toujours dans le pétrin ? songea Alex.

Blayne eut un sourire mauvais.

— C'était juste une question théorique.

— Tu veux dire, combien aujourd'hui ou combien cette semaine ? demanda Alex pour gagner du temps.

Du coin de l'œil, il aperçut enfin Buffy et Willow.

— Oh, il faut que j'y aille, déclara-t-il, soulagé. Le devoir m'appelle.

Il se dirigea rapidement vers les deux filles.

— Salut, les minettes ! dit-il assez fort pour que Blayne l'entende, tout en passant un bras autour de leurs épaules.

— Qu'est-ce que tu fabriques ? s'étonna Buffy.

— Entrez dans mon jeu, s'il vous plaît, dit très vite Alex, avant que son amie ne fasse un geste malheureux (par exemple, lui enfoncer son coude dans les côtes). Blayne a eu le toupet de remettre en question ma virilité.

Buffy le regarda comme s'il était cinglé, mais Willow – bénie soit-elle – se blottit contre lui.

— On va lui donner une bonne leçon, s'exclama-t-elle avec enthousiasme.

Alex tourna la tête vers Blayne et lui adressa un signe triomphant.

Le footballeur prit l'air dégoûté. Alex avait tapé en-dessous de la ceinture, et il le savait : quand Buffy était arrivée au lycée, et qu'elle avait été affectée à Blayne au laboratoire, le héros du lycée avait tenté de la peloter.

Après s'être fait déboîter une épaule par la Tueuse, il avait rapidement renoncé.

— Je n'arrive pas à y croire, marmonna Buffy.

— Je sais, acquiesça Alex. Avec toutes mes conquêtes...

Avant qu'il puisse finir sa phrase, Buffy se dégagea de son étreinte et se dirigea vers un type qui venait d'entrer au *Bronze*.

Alex plissa les yeux pour mieux voir dans l'ombre où le nouvel arrivant semblait se complaire. Grand, séduisant, de courts cheveux bruns et entièrement vêtu de noir.

— Qui est-ce ? s'indigna Alex.

— Probablement le fameux Angel, répondit Willow.

— Ce type bizarre qui l'a avertie à propos de la Moisson ?

Buffy leur avait parlé du mystérieux inconnu qui l'avait mise en garde contre le Maître dès son arrivée à Sunnydale, lui permettant d'éviter un massacre. Mais jamais elle ne le leur avait décrit.

— Je parie que c'est lui, affirma Willow.

— Il est drôlement athlétique, protesta Alex. Elle ne nous avait pas dit qu'il était si costaud !

— Tu le trouves séduisant ? s'étonna son amie.

— Et comment ! Il est à tomber par terre ! s'exclama Alex un peu trop fort.

Il sursauta. Il n'aurait plus manqué que Blayne l'entende vanter les qualités d'un autre homme ; déjà que mettre sa virilité en doute l'amusait...

— Comment ça se fait qu'elle ne l'ait jamais mentionné ? ajouta-t-il un ton plus bas.

— Tiens, tiens, un revenant, lança Buffy en guise de salut.

— Bonsoir, répondit Angel d'une voix grave.

— Je dirais bien que je suis ravie de te voir, mais nous savons tous les deux que ce serait un mensonge.

Ce type ne te plaît pas du tout, tenta de se convaincre Buffy. *Il est agaçant, mystérieux et incapable de se montrer direct. Il n'est pas ton genre de garçon, alors, arrête de dévorer ses charmes ténébreux du regard.*

— Je n'en ai pas pour longtemps, déclara Angel.

— Je suppose que non : tu vas te contenter de me mettre en garde contre une catastrophe avant de disparaître dans les ténèbres, pas vrai ?

Angel baissa les yeux vers elle.

— Tu es froide.

— Désolée.

— Je veux dire, tu sembles avoir froid.

Il ôta sa veste et la posa sur les épaules de Buffy.

Oooh, le contact de ses mains...

— Elle est un peu grande pour moi.

La jeune fille remarqua trois marques parallèles sur le bras d'Angel. Des marques qui avaient l'air récentes.

— Que t'est-il arrivé ? demanda-t-elle.

— Je n'ai pas fait attention.

Il recommence avec ses allusions.

— A quelqu'un qui était armé d'une grosse fourchette ?

— Il arrive.

— Qui ça, le type à la fourchette ?

Pourquoi ne peut-il pas me répondre simplement ? Et pourquoi faut-il qu'il ait l'air si attendrissant et si vulnérable ?

— Ne le laisse pas t'acculer. Ne le laisse pas te prendre par surprise, ou il t'arrachera la gorge.

C'était le plus long discours que lui ait tenu Angel depuis leur première rencontre. Malgré elle, Buffy fut impressionnée.

— Bon je t'accorde des encouragements pour ta dernière phrase : « Il t'arrachera la gorge », c'est une image très visuelle, pas du tout énigmatique.

Les lèvres d'Angel frémirent comme s'il réprimait un sourire. Il avait le plus beau quasi-sourire que Buffy ait jamais vu.

— Je dois y aller.

Evidemment...

Avant qu'elle puisse répondre, il avait déjà disparu, se fondant dans les ombres.

On pourrait presque le prendre pour un vampire.

— Bonne nuit à toi aussi, marmonna Buffy.

Alex regarda Buffy parler quelques minutes avec le mystérieux inconnu, et il n'apprécia pas du tout la façon dont celui-ci lui posait sa veste sur les épaules.

— De qui il se moque ? s'indigna le jeune homme. On est au printemps ; il doit faire pas loin de trente degrés dehors !

— Je ne crois pas qu'il plaise à Buffy, dit Willow sur un ton hésitant.

Alex comprit qu'elle en doutait autant que lui.

Le lendemain matin, Alex remontait l'allée centrale du lycée d'un pas bondissant, le cœur en fête et une chanson sur les lèvres.

D'accord, il avait découvert la veille qu'Angel ressemblait à une version gothique d'un dieu grec, mais il ne voyait aucune raison de s'appesantir sur les choses désagréables qu'il ne contrôlait pas. Surtout qu'il venait d'en apprendre une très agréable, et qu'il avait envie de la faire partager au reste du monde.

Ou au moins à Buffy et à Willow.

Il repéra sa meilleure amie assise sur un muret de brique, en train de lire son manuel de biologie. De l'autre côté de la cour, Giles et Buffy se dirigeaient vers elle.

En approchant, Alex surprit la fin de la conversation entre la Tueuse et son Observateur, un grand Britannique vêtu de tweed et arborant de petites lunettes.

— C'est tout ce qu'il t'a dit ? Le type à la fourchette ? s'étonna Giles.

Ah ah. Elle met son Observateur au courant des derniers événements. Saine réaction, songea Alex.

— C'est tout ce qu'il m'a dit : le type à la fourchette, confirma Buffy.

— Il y a trop de garçons dans ta vie, fit Giles. Je vais voir ce que je peux trouver.

Il leva les yeux vers le ciel.

— Mon Dieu, toutes les journées se ressemblent ici.

— Chaudes, douces et ensoleillées : échapperons-nous jamais à ce tourment ? railla Buffy.

Le bibliothécaire lui jeta un regard noir, salua Alex et Willow et retourna s'ensevelir sous ses piles de bouquins poussiéreux.

Toujours impatient de communiquer la bonne nouvelle, Alex ne perdit pas de temps en vains bavardages.

— Vous savez ce que j'ai entendu dire au bureau des surveillants ? Le docteur Gregory est absent. Donc, tous ceux qui n'ont pas fait leurs devoirs de biologie ne sont pas aussi idiots qu'on pourrait le croire...

Sur ces mots, il ferma le manuel de Willow.

— Qu'est-ce qui lui arrive ? s'inquiéta Buffy. Il est malade ?

Alex haussa les épaules.

— Les surveillants disaient juste qu'il avait disparu.

— Disparu ?

— Laisse-moi réfléchir... Les pom-pom girls sont passées dans leur nouvel uniforme, avec une jupe très très courte, donc je n'écoutais pas vraiment...

Buffy lui jeta un regard qui n'était pas sans rappeler ceux de Giles. Le jeune homme retrouva instantanément son sérieux.

— Oui, disparu. C'est grave ?

— Je ne sais pas encore...

Alex était dépassé.

Pas de professeur de biologie, c'était un cours qui sautait. Que demander de plus ?

Comme d'habitude, Willow se chargea d'éclairer sa lanterne.

— C'est un des rares membres du corps enseignant qui ne prenne pas Buffy pour une délinquante, expliqua-t-elle.

— Oh. Dans ce cas, je suis désolé, dit Alex avec un manque de sincérité évident. Je suis sûr qu'il... Hé hé hé !

Il avait voulu terminer sa phrase par les mots « va réapparaître », mais son cerveau avait été distrait par un spectacle s'adressant à toutes les hormones chargées de torturer son corps d'adolescent.

La femme qui traversait la cour était remarquable de bien des façons. D'abord, c'était une adulte dans un lieu où on rencontrait principalement des jeunes filles. Ensuite, elle était d'une beauté à couper le souffle.

Et encore, cette expression ne lui rendait pas justice.

Elle avait des cheveux noirs coupés au carré, des yeux de braise et les lèvres les plus sensuelles qu'Alex ait jamais contemplées... Le genre de bouche qui semblait réclamer un baiser en permanence. Au moins le jeune homme l'espérait-il.

Elle portait une veste noire par-dessus son chemisier blanc, et une jupe qui sans être mini dévoilait deux jambes parfaites. Observateur patenté de la gent féminine, Alex aurait juré qu'elle ne portait même pas de collants.

Son étonnement et son ravissement ne connurent plus de bornes quand la splendide créature se dirigea vers lui.

— Excusez-moi. Vous pourriez peut-être m'aider, demanda-t-elle d'une voix charmeuse, avec une pointe d'accent indéfinissable.

Toute idée cohérente déserta le cerveau d'Alex, qui n'en abritait déjà pas des masses en temps ordinaire. Son esprit était désormais rempli par la vision enchanteresse qui s'offrait à ses yeux.

— Euh... J'espère, gargouilla-t-il.

— Je cherche le laboratoire 109, déclara l'inconnue.

— Oh, c'est...

Impossible de se souvenir où était ce fichu labo. L'avait-il seulement jamais su ? Pour l'heure, il n'était même pas certain de se rappeler son nom.

— Bien sûr, j'y vais tous les jours, déclara-t-il avec un bref éclat de rire, où perçait une pointe d'hystérie.

Au bord de la panique, il se tourna vers Buffy et Willow.

— Où ça se trouve, déjà ?

Avant que les filles puissent lui répondre, une voix retentit. Elle appartenait au type qui n'allait pas tarder à se retrouver en tête sur la liste des gens qu'Alex détestait le plus au monde.

— Bonjour. Je m'appelle Blayne Mall, et je me rendais justement au laboratoire 109. Il n'est pas très loin du terrain de football où je m'entraîne tous les jours.

— Merci, Blayne, sourit la créature en lui emboîtant le pas.

Le jeune homme flanqua une tape amicale sur l'épaule d'Alex, puis se dirigea vers l'entrée du bâtiment scientifique.

— C'est bizarre : la terre ne s'ouvre jamais en deux pour vous engloutir quand vous le souhaitez, constata amèrement Alex.

Buffy et Willow échangèrent un sourire dénué de sympathie. En fait, il aurait juré qu'elles se retenaient de pouffer.

Les femmes ! Pas moyen de compter sur elles.

— Viens, dit Buffy en se levant. On va t'y emmener, au labo 109. Si tu veux, tu peux même semer des miettes de pain pour retrouver le chemin la prochaine fois que quelqu'un te demandera où c'est.

— Ah ! ah ! ah ! Très drôle, commenta Alex d'un air lugubre.

Willow se leva aussi ; tous trois rejoignirent leur salle de biologie.

La première chose qu'Alex remarqua en arrivant, ce fut que la créature de rêve se tenait debout sur l'estrade. Elle avait ôté sa veste, et son chemisier sans manches révélait deux bras à la peau de porcelaine.

Saisissant une craie, elle écrivit les mots « Nathalie French » sur le tableau noir. Désormais, elle avait un nom... et une fonction : elle était la remplaçante du docteur Gregory.

Il y a donc un Dieu, songea Alex avec ferveur.

Il n'avait rien contre le docteur Gregory, un type aussi cool que pouvait l'être un membre du corps enseignant, ce qui le plaçait juste au-dessus des limaces dans son panthéon personnel. Mais en ce qui le concernait, leur ancien professeur pouvait bien s'être fait déchiqueter par les vampires...

— Qu'est-ce que c'est ? demanda soudain Willow, tandis que Buffy se penchait pour ramasser quelque chose.

Alex reporta son attention sur les jeunes filles. Buffy tenait à la main une paire de lunettes aux verres fêlés.

— Si le docteur Gregory les a fait tomber, pourquoi ne les a-t-il pas ramassées ? s'étonna-t-elle.

Haussant les épaules, elle les posa sur une table et alla s'asseoir à côté de Blayne.

La cloche retentit, et les élèves s'installèrent.

— Je m'appelle Nathalie French, déclara la plus douce voix de l'univers, et je suis la remplaçante du docteur Gregory.

— Savez-vous quand il reviendra ? s'enquit Buffy.

On s'en fiche, eut envie de crier Alex.

— Non, euh... (Mlle French consulta la liste des places des élèves.) ... Buffy. On m'a juste appelée pour me dire qu'on avait besoin de moi ici.

— Moi aussi, j'ai besoin de vous, marmonna Blayne. Mais ailleurs.

— Excuse-moi, Blayne ?

Evidemment, lui, elle connaît son prénom, songea amèrement Alex. *Juste parce qu'il lui a indiqué ce foutu labo...*

— Je me demandais juste si vous alliez reprendre là où le docteur Gregory s'était arrêté, dit très vite le footballeur.

— Absolument, fit Mlle French avec un sourire radieux. D'après ses notes, vous étiez en train d'étudier la vie des insectes.

Elle se dirigea vers une vitrine et en sortit une des boîtes en verre contenant une bestiole en plastique.

— La mante religieuse est une créature fascinante, mais forcée de vivre seule, commença-t-elle. Qui peut me dire pourquoi... Buffy ?

La jeune fille fixa la boîte en verre quelques instants.

— Eh bien... Pour commencer, elle est vraiment très moche.

Le sourire de Mlle French disparut, et son visage s'assombrit.

— Il n'y a rien de laid chez cette créature unique, dit-elle sèchement. (Ses traits reprirent leur glorieuse sérénité.) Si elle vit seule, c'est parce qu'elle est cannibale.

Plusieurs élèves émirent des grognements de dégoût. Alex n'était pas du nombre : il était trop occupé à dévorer Mlle French du regard.

— Ce n'est pas sa faute : la nature l'a conçue ainsi, continua la remplaçante du docteur Gregory. Noble, solitaire et prolifique. Il existe plus de mille huit cents espèces de par le monde ; dans presque toutes, la femelle est plus grosse et plus agressive que le mâle.

Ayant oublié le sort de son épaule, Blayne se pencha vers Buffy.

— Je n'ai rien contre les femelles agressives, lui assura-t-il avec un sourire libidineux.

Buffy le foudroya du regard, et il se redressa vivement... pour la plus grande joie d'Alex, à qui cet incident n'avait pas échappé.

Mlle French saisit un manuel et s'avança entre les deux rangées de tables en lisant à voix haute.

— La mante californienne pond ses œufs, puis trouve un mâle pour les fertiliser. Une fois qu'il a joué son rôle, elle recouvre les œufs d'un sac protecteur et l'attache à une feuille ou à une brindille pour les mettre hors de danger.

Elle leva son manuel pour montrer une illustration aux élèves. Mais Alex était trop fasciné par son visage pour y jeter un coup d'œil.

— Si elle a procédé correctement, des centaines de petits écloront quelques mois plus tard.

Mlle French posa son manuel et balaya la classe du regard.

— Nous devrions fabriquer des modèles de sacs pour la Fête Scientifique du lycée. Qui veut travailler avec moi sur ce projet ?

Alex leva la main en même temps que Blayne et que presque tous les autres garçons.

— Parfait, déclara Mlle French avec un sourire. Mais je vous préviens que c'est une tâche très délicate. Il va falloir que je voie chacun d'entre vous en privé.

Je ne m'étais pas aperçu que j'étais mort et au paradis, songea Alex.

CHAPITRE III

Avant qu'Alex comprenne ce qui lui arrivait, le cours de biologie était fini. Le reste de la matinée passa comme sur un nuage, et il émergea à l'heure du déjeuner. Des choses avaient dû se passer pendant ses autres cours, mais même sous la torture, il n'aurait pu se souvenir d'aucune.

Il était obsédé par son nouveau professeur et par la perspective de leur session de travail privée du lendemain soir. Evidemment, Blayne avait décroché le jour même, mais c'était sans doute parce que Mlle French voulait le remercier de lui avoir indiqué le labo.

Alex retrouva Buffy et Willow à l'entrée de la cafétéria ; ensemble, ils se préparèrent à découvrir leur repas avec un mélange de curiosité et d'appréhension. Un panneau annonçait les derniers méfaits culinaires commis par le personnel.

— Hot-dog surprise, lut Buffy à voix haute. J'en ai des palpitations...

— Traitez-moi de retardée si ça vous chante, mais je ne veux pas de surprise à l'intérieur de mon hot-dog, se plaignit Willow.

Alex sourit, saisit un plateau et admira son reflet sur la surface métallique d'un porte-serviettes.

— Je me demande ce qui l'a séduite chez moi. Sans doute la combinaison de mon assurance tranquille et de mon magnétisme.

Les filles lui jetèrent un regard interrogateur.

Vous n'y êtes pas du tout, songea-t-il. *En principe, c'est le moment où vous acquiescez d'un air enamouré.* Il détestait qu'elles ne suivent pas le scénario.

— Mlle French, expliqua-t-il avec un soupir exaspéré. Vous êtes sans doute trop inexpérimentées pour comprendre ce qu'une femme comme elle trouve à un homme plus jeune.

— Bien sûr que je comprends, le détrompa Buffy.

— Parfait.

Tout espoir n'est peut-être pas perdu pour elle.

— Un homme plus jeune est trop stupide pour se demander pourquoi une femme comme elle ne se cherche pas quelqu'un de son âge, et trop excité pour se soucier des opérations de chirurgie esthétique qu'elle a subies.

— Quelles opérations de chirurgie esthétique ? sursauta Alex.

Il choisit d'ignorer le reste de la diatribe de Buffy, la mettant sur le compte de la jalousie.

— Il est vraiment naïf, confirma Willow avec un hochement de tête.

— Et si innocent, ajouta Buffy.

Sur ce, les deux filles plantèrent Alex pour aller se chercher à boire.

— Hé ! appela le garçon dans leur dos. Ceux qui peuvent faire les choses les font, et ceux qui ne peuvent pas... se moquent de ceux qui peuvent.

De plus en plus nul. Si ça continue, je vais perdre ma carte de membre du Club des Inventeurs de Reparties Sarcastiques.

Avant qu'il puisse trouver quelque chose de plus cinglant, Blayne passa près de lui, son plateau chargé de mets vomitifs.

— Il faut que je sois en forme pour ma séance de travail avec Mlle French ce soir, se vanta-t-il. Quand a lieu la tienne ? Ah, c'est vrai : demain. Tu passes en second ; je crois que c'est ce qu'on appelle la sélection naturelle.

Alex détestait la façon qu'avait le footballeur de répondre à ses propres questions.

— Je crois plutôt que c'est ce qu'on appelle une répétition.

Incapable dc faire mieux, Blayne s'éloigna.

Je reprends du poil de la bête, se félicita Alex.

— Excuse-toi, dit une voix méprisante.

Levant la tête, Alex vit Cordélia bousculer Buffy avec son manque de manières habituel. Elle entra dans les cuisines, se planta devant l'un des immenses frigos et brandit une feuille de papier tel un policier agitant son badge sous le nez d'un suspect.

— J'ai droit à un repas prescrit par mon docteur. Il me le fait livrer chaque jour. Je resterai ici tant que je pourrai retenir mon souffle...

Alex secoua la tête.

Cordélia s'était lancée dans un régime concocté par les derniers diététiciens à la mode... Au moins, selon ses deux meilleurs amies, qui en avaient longuement évoqué les mérites pendant leur cours de littérature de la veille. La jeune fille avait de nombreux défauts, mais l'obsession de la minceur ne figurait pas en tête de sa liste jusque-là.

Avant qu'Alex puisse se détourner pour fantasmer à loisir sur Mlle French, un cri perçant résonna dans les cuisines.

Il sortait de la bouche de Cordélia, qui se tenait l'air horrifié devant le frigo grand ouvert. Buffy échangea un regard avec Willow, et toutes deux se précipitèrent vers leur camarade. Alex les suivit trois pas en arrière.

... Et ne tarda pas à le regretter en découvrant ce qui avait provoqué les hurlements de Cordélia.

Un corps humain était suspendu dans le frigo tel un énorme quartier de viande. Il portait une blouse de laboratoire. Sur la poche était écrit le nom du docteur Gregory.

Sa tête avait disparu.

— Oh, mon Dieu, sanglota Cordélia.

Beaucoup plus tard, après que la police fut venue recueillir les dépositions et qu'une ambulance eut emporté le cadavre, Alex rejoignit les filles à la bibliothèque. Buffy et Willow semblaient sonnées, et lui-même ne se sentait pas très fier. Même Giles, qui s'y entendait pour garder son calme dans la tempête, avait l'air perturbé.

— Tiens, dit-il en tendant un verre d'eau à la Tueuse. Bois ça.

— Non, merci, refusa la jeune fille en le prenant et en vidant son contenu d'un trait.

— Je n'avais jamais vu... (Alex s'interrompit et recommença.) Je n'avais jamais rien vu de... (Décidément, les mots refusaient de franchir ses lèvres.) C'était nouveau, acheva-t-il d'un air piteux.

— Qui pouvait bien en vouloir au docteur Gregory ? demanda Willow d'une toute petite voix.

Giles secoua la tête.

— A ma connaissance, il n'avait pas d'ennemi dans le corps enseignant. C'était un homme civilisé. Je l'aimais bien.

— Moi aussi, dit tout bas Buffy.

C'est ça, enfoncez-moi !

Alex ne pouvait oublier qu'il avait souhaité de tout son cœur la disparition permanente du docteur Gregory. Mais ce n'était pas tout à fait ce qu'il avait en tête.

— Nous allons découvrir qui a fait ça, déclara fermement Willow. Et nous l'empêcherons de frapper de nouveau.

— Tu peux compter sur moi, acquiesça Buffy.

— Par où commencer ? demanda Giles.

— Je ne sais pas encore.

Buffy se leva et fit les cent pas dans la bibliothèque.

— Il a été tué sur le campus, sans doute hier soir.

Giles fronça les sourcils.

— Comment le sais-tu ?

— Il portait les mêmes vêtements que pendant notre dernier cours avec lui.

Alex prit la parole.

— Je sais que personne n'a envie de penser à ça, mais... Où est passée sa tête ?

— Bonne remarque : je n'ai pas du tout envie de penser à ça, marmonna Willow.

— Angel ! s'exclama soudain Buffy.

Quel rapport avec la choucroute ? songea Alex, agacé.

— Il m'a avertie que quelque chose se tramait, expliqua la jeune fille.

Oh. Si ce n'est que ça...

Giles hocha la tête.

— C'est vrai, tu m'en as parlé. J'aimerais vraiment savoir ce qu'il a voulu dire.

Il se dirigea vers la grande table pour y prendre un de ses innombrables ouvrages de référence, tous plus poussiéreux et moisis les uns que les autres.

— J'ai essayé de réunir des informations au sujet du Maître. Apparemment, un de ses serviteurs, qui avait failli, s'est coupé la main pour faire pénitence.

— Il s'est coupé la main et il l'a remplacée par une fourchette géante ? s'étonna Buffy.

Giles haussa les épaules.

— Je n'en sais rien du tout.

— Mais pourquoi s'en prendrait-il à un professeur ? demanda Alex.

— Je ne suis pas certain que ce soit lui, avoua l'Observateur. Il y a deux nuits, un drame s'est produit au Parc de Weatherly : un clochard a été taillé en pièces. Mais rien qui ressemble au sort du docteur Gregory.

— Le type à la fourchette ne fait pas dans la décapitation, résuma Buffy.

— Pas vraiment, non...

— Et le docteur Gregory n'était pas vidé de son sang.

Merci de nous le rappeler, Buffy, songea Alex.

Une vision de l'intérieur du frigo passa devant ses yeux. Au début, il avait tenté de se convaincre que tout ce liquide rouge provenait de la viande qui y était entreposée d'habitude, mais sa capacité de se raconter des bobards n'allait pas jusque-là.

— Donc, quelque chose d'autre rôderait là-dehors en plus de M. Argenterie ? Génial, railla-t-il. On vit dans l'*Ile du docteur Moreau.*

— Sur la Bouche de l'Enfer, corrigea Buffy. Un point de convergence mystique. (Giles lui jetant un regard en coin, elle ajouta d'un air contrit :) Je suppose que c'est la même chose...

— Il est vrai que des créatures déplaisantes gravitent autour de Sunnydale, acquiesça le bibliothécaire, qui ne reculait devant aucun euphémisme. Mais nous ignorons s'il y a un autre meurtrier que ce type à la fourchette. Pour le moment, il reste notre principal suspect.

— Où avez-vous dit que ce clochard s'était fait tuer ? Au Parc de Weatherly ? demanda Buffy.

— Je sais que tu es bouleversée, tenta de la raisonner Giles, mais ce n'est pas le moment de partir en chasse. Pas avant que nous n'en sachions davantage. Promets-moi de ne rien faire que tu puisses regretter par la suite.

— Crois de bois, croix de fer, si je mens, je vais en enfer, déclara Buffy en posant une main sur son cœur.

Malgré la situation, Alex faillit éclater de rire. Il était certain que Buffy foncerait au parc dès la tombée de la nuit.

Dès la tombée de la nuit, Buffy enfila la veste que lui avait donnée Angel (*pourquoi a-t-il fallu qu'il ait un geste si gentil, si adorable ?)* et fonça au parc.

Selon Willow, qui était venue s'y promener avec Alex et elle quelques week-ends auparavant, il s'agissait de l'ancien site du Manoir de Weatherly, demeure de la plus riche famille de Sunnydale. Mais en 1969, Augustus « Gussie » Weatherly avait basculé dans la folie et fini dans un asile de dingues, vêtu d'une jolie chemise aux manches nouées dans le dos. Buffy avait oublié de demander à Giles si ça avait un rapport avec la Bouche de l'Enfer.

Après qu'il fut mort dans une cellule capitonnée, six ans plus tard, ses héritiers – qui vivaient à New York – avaient vendu les terres à la municipalité pour en faire un parc. A l'origine, celui-ci était à la lisière de la ville ;

puis Sunnydale s'était étendue, et il se retrouvait entouré de maisons.

Récemment, on avait érigé une barrière autour. Willow prétendait qu'elle servait à éloigner les clochards qui auraient voulu s'y réfugier la nuit.

Pas très efficace, puisque l'un d'eux s'est quand même fait massacrer ici il y a deux jours, songea Buffy en bondissant par-dessus la barrière.

C'était une nuit calme et sans vent.

Calme comme une tombe, remarqua Buffy.

Elle s'efforça de chasser cette image de son esprit. Pour une adolescente de seize ans, elle pensait beaucoup trop à la mort. Sans compter le temps qu'elle passait dans les cimetières...

Tout de même, le silence avait un avantage : elle entendrait forcément approcher le type à la fourchette, le cas échéant.

— Tu ne devrais pas traîner toute seule la nuit, petite, dit une voix avinée derrière elle.

Buffy sursauta. Pivotant sur elle-même, elle aperçut un clochard qui s'approchait d'elle, vêtu d'un pardessus beaucoup trop chaud pour la saison et muni d'un cabas d'où dépassait une bouteille.

Bon boulot, songea-t-elle, furieuse contre elle-même. *J'aurais dû l'entendre venir...*

Une odeur de fruits pourris lui monta aux narines.

J'aurais dû le sentir, aussi.

— C'est dangereux, poursuivit le type en s'éloignant d'un pas chancelant.

Franchissant un angle, Buffy découvrit sur le sol ce qui ressemblait à un cadavre. Un autre clochard, vêtu de façon aussi adéquate que le premier. Il avait l'air mort.

Puis un ronflement sonore s'échappa de sa bouche.

Tandis qu'une légère brise agitait les buissons derrière elle, Buffy se demanda ce qu'elle pouvait bien faire.

Elle avait déjà parcouru plusieurs mètres quand elle réalisa : *il n'y a pas de vent ce soir.*

Quelqu'un... ou quelque chose... était dissimulé dans les buissons.

Buffy se rapprocha. Ecartant les branches pour se frayer un chemin, elle réalisa que les végétaux n'étaient pas enracinés dans le sol, mais qu'ils avaient été posés là pour masquer une bouche d'égout.

*A moi de deviner qui les y a mis. J'ai droit à trois essais. Premier indice : c'est un fan de l'*Adieu aux Armes.

Alors, le vampire bondit sur elle.

Au premier regard, il ressemblait à un mort-vivant ordinaire : crocs pointus, front plissé, absence de sourcils, yeux enfoncés dans les orbites... Ses cheveux étaient plus longs que ne le dictait la mode, mais Buffy n'allait pas lui reprocher son originalité.

Ce qui le distinguait vraiment des autres buveurs de sang de Sunnydale, c'était les griffes longues de quinze centimètres et affûtées comme des rasoirs qui remplaçaient sa main droite.

Des griffes qui se tendaient vers le cou de Buffy...

La Tueuse esquiva l'attaque. Comme son adversaire avait plongé vers elle, son dos se retrouva exposé. Buffy en profita pour lui décocher deux bons coups de pied dans l'arrière-train avant qu'il ne puisse se relever.

De nouveau, il se jeta sur elle ; de nouveau, elle esquiva et lui assena deux coups de pied, ajoutant un crochet à la mâchoire pour faire bonne mesure.

Le vampire revint à la charge.

Toujours la même manœuvre. Ça va vite devenir lassant, songea Buffy.

Main-Fourchue n'était pas très imaginatif. Cette fois, elle lui saisit le bras et utilisa son élan pour le projeter à terre. Un mouvement classique de l'aïkido.

Quand il atterrit lourdement sur le dos, elle sortit un pieu de sa veste et se prépara à lui percer le cœur. Mais il parvint à rouler hors d'atteinte et à se relever d'un bond. Buffy l'envoya à terre d'un coup de pied, puis...

— Les mains en l'air ! Police !

Génial. Il ne manquait plus que ça.

Plusieurs silhouettes dévalaient le flanc d'une colline, guidées par le premier clochard.

Pas étonnant qu'il m'ait mise en garde, songea Buffy. *Les flics avaient tendu une embuscade au meurtrier, et ils s'étaient déguisés en SDF pour mieux l'appâter. Désolée, les gars, mais vous êtes hors de votre juridiction ce coup-ci.*

Main-Fourchue profita de la diversion pour s'élancer vers les fourrés.

— Déployez-vous ! ordonna un des policiers.

Jurant entre ses dents, Buffy se lança à la poursuite du vampire.

Elle atteignit la barrière au moment où Main-Fourchue la sautait et atterrissait sur le trottoir, de l'autre côté, avant de s'élancer vers une passante chargée de sacs à provision.

Buffy allait crier un avertissement à la malheureuse quand celle-ci se retourna.

C'était Mlle French, la remplaçante de leur professeur de biologie.

Sous le regard stupéfait de Buffy, elle toisa froidement Main-Fourchue.

Celui-ci rentra la tête dans les épaules et recula.

Il est terrifié, réalisa la jeune fille.

Dans sa carrière de Tueuse, jamais elle n'avait vu un vampire se comporter de la sorte, sauf quand il risquait d'être exposé à la lumière du soleil.

Pareil à un chat qui s'enfuit la queue entre les jambes, Main-Fourchue se traîna jusqu'à une bouche d'égout, la souleva précipitamment et disparut dans l'ouverture sans demander son reste.

Mlle French, dont l'expression ne s'était pas modifiée d'un iota, se détourna et continua son chemin comme s'il ne s'était rien passé.

CHAPITRE IV

Bon, songea Buffy en entrant dans la bibliothèque le lendemain matin, un quart d'heure avant le début de son cours de biologie. *La première chose que va faire Giles, c'est de m'engueuler pour avoir été chasser la nuit dernière...*

— Tu as été chasser la nuit dernière.

Deux points pour l'Elue.

— Oui, avoua-t-elle.

— Alors que tu m'avais promis de ne pas le faire.

— C'est vrai, j'ai menti. Je suis une vilaine fille.

— Alors, as-tu vu quelqu'un avec une fourchette ? s'enquit Giles assez sèchement.

— Plutôt une pince à glaçons géante, corrigea Buffy.

Son Observateur, qui ne s'attendait pas à ce qu'elle réponde par l'affirmative, lui jeta un regard décontenancé.

— Ah... Au moins, tu n'es pas blessée.

— Et ce n'est pas tout. J'ai vu autre chose de bien plus intéressant qu'un vampire psychopathe.

— Quoi donc ?

— Vous connaissez Mlle French, la remplaçante du docteur Gregory ?

A la mention de ce nom, Giles fit une chose inattendue. Une chose plus effrayante que tous les monstres jamais combattus par Buffy.

Il grimaça.

— Oui, elle est très jolie, dit-il en se dandinant d'un pied sur l'autre, l'air embarrassé.

Buffy haussa les sourcils.

— Assez commune, corrigea hâtivement Giles, mais, euh... pas trop mal proportionnée.

Bien rattrapé, songea la jeune fille.

— Hier soir, pendant que je poursuivais Main-Fourchue, nous avons croisé Mademoiselle Pas-Trop-Mal-Proportionnée. Il lui a jeté un coup d'œil et il s'est enfui en courant.

Giles cligna des yeux.

— Comment ?

— Il avait l'air terrifié.

— Par Mlle French ?

— Hum... Donc, supposons que je sois un mort-vivant capable de me raser le crâne à mains nues. De quoi pourrais-je bien avoir peur ? demanda Buffy.

— De pas grand-chose, et certainement pas d'un vulgaire professeur de biologie, répondit Giles.

— Alors, comment expliquez-vous ce qui s'est passé ?

— Pour le moment, je ne l'explique pas. Mais nous ferions bien de garder un œil sur elle.

— Dans ce cas, je file. J'ai un cours de biologie dans cinq minutes.

Buffy saisit son sac et se dirigea vers la porte.

Alors qu'elle traversait le couloir d'un pas vif, elle fut interceptée par le proviseur Flutie. Le petit homme grassouillet arborait la dernière acquisition d'une collection de cravates qui auraient donné la migraine aux annonceurs chargés des publicités pour la fête des Pères.

— Vous étiez là, n'est-ce pas ? demanda-t-il sans préambule. Vous avez vu le docteur Gregory ?

Comme il avait assisté à l'arrivée de la police et aux dépositions faites par Alex, Willow, Cordélia, Buffy et le personnel des cuisines, cette question sembla étrange à la jeune fille.

— Vous voulez dire hier, quand nous avons découvert son cadavre dé...

— Ne dites pas décapité, coupa le proviseur. Ni décomposé. Evitez tous les mots en D ! Mais comme vous étiez là, si vous voulez bien me suivre...

Il indiqua la direction opposée à celle du laboratoire 109.

— Je ne peux pas, je suis déjà en retard pour mon cours de biologie, protesta Buffy.

— Vous allez l'être plus encore, déclara Flutie en lui prenant le bras. Vous devez voir un psychologue. Tous les gens présents quand on a découvert le corps doivent voir un psychologue.

Si Buffy devait réellement voir un psychologue chaque fois qu'elle découvrait un cadavre, il aurait mieux valu que le psychologue en question s'installe chez elle.

— Je n'ai pas besoin..., commença-t-elle.

— Nous avons tous besoin d'aide pour exprimer nos sentiments, sans quoi, nous les refoulons et sommes obligés de faire appel à de puissants laxatifs, insista Flutie. Je pense vraiment que si nous nous donnons tous la main, nous pouvons battre cette chose. Je suis là si vous avez besoin d'un câlin... Pas d'un vrai, bien sûr, parce que le personnel n'a pas le droit de toucher les étudiants. Ça ne serait pas politiquement correct.

Il lui désigna un banc, devant l'infirmerie, mais Buffy refusa de s'asseoir. Un flot de paroles ininterrompu montait de derrière la porte.

— Je vous promets que...

— Non, coupa le proviseur. Vous devez parler à un psychologue pour entamer le processus de guérison.

— Mais, monsieur Flutie, je...

— Guérissez ! cria-t-il en lui désignant le banc d'un index impérieux.

Vaincue, Buffy s'y laissa tomber.

Voilà bien ma veine : être coincée avec un proviseur décidé à faire le bonheur de ses élèves à leur corps défendant.

Les épaules voûtées, Buffy espéra que Willow tiquerait si Mlle French faisait quoi que ce soit d'inhabituel. En temps normal, elle aurait aussi compté sur Alex, mais cette fois, son ami était ensorcelé.

Ensorcelé ? Je passe trop de temps à traîner avec Giles...

Buffy s'avisa que l'agaçant babillage, dans l'infirmerie, était celui de Cordélia.

— Je ne sais pas quoi dire, affirma-t-elle, ce qui était visiblement un mensonge. C'était tellement... Vous menez une vie normale, et tout à coup, « devinez ce qu'il y a dans le frigo ? » Ça traumatise pour de bon, un truc comme ça. Vous vous rendez compte que je n'ai rien pu avaler depuis hier ?

« Je pense avoir perdu dans les trois cents grammes... Beaucoup plus rapide que le régime prescrit par ce charlatan, au fond. Je ne dis pas qu'il faudrait tuer un professeur tous les jours pour que je puisse garder ma ligne, mais je suis partisane de voir le bon côté des choses. Par exemple, même une Mercedes d'occasion a toujours ses sièges en cuir.

C'est officiel, songea Buffy : *j'ai atterri en enfer.*

Enfin, Cordélia se lassa du son de sa propre voix et prit congé du psychologue. Avisant Buffy qui attendait son tour dehors, elle lâcha :

— Tu vas probablement y passer deux ou trois heures. Après tout, pourquoi refuser une séance de thérapie gratuite ? Ce n'est pas comme si tu n'en avais pas un besoin urgent...

Buffy l'ignora et entra.

Elle répondit le plus simplement possible à toutes les questions du psychologue (*mon imagination me joue-t-elle des tours, ou a-t-il l'air soulagé de pouvoir en placer une ?*) Elle avait déjà eu droit à ce genre de séance après l'incendie du gymnase, juste avant de se faire expulser du lycée Hemery de Los Angeles.

Aucun psychologue au monde n'aurait pu l'aider, pour la bonne raison qu'elle ne pouvait pas révéler la véritable source de ses problèmes. Elle fit au plus direct, ce qui lui permit de sortir au bout de cinq minutes.

Puis elle courut jusqu'au laboratoire 109. Quand elle arriva, ses camarades étaient penchés sur des feuilles d'interrogation écrite.

— Génial, marmonna-t-elle. Un contrôle. Il ne manquait plus que ça à mon bonheur.

Deux choses attirèrent son attention. La première fut que sa table était vide : Blayne manquait également à l'appel.

La seconde fut que Mlle French se tenait dos à la porte... Ça n'aurait rien eu d'extraordinaire si elle n'avait pas soudain tourné la tête vers Buffy.

A cent quatre-vingts degrés. Sans faire pivoter le reste de son corps.

A la dernière seconde, Buffy bondit en arrière pour ne pas être vue.

C'est vraiment trop bizarre...

Après les cours, elle raconta sa journée à Willow, y compris l'incident avec le cou de Mlle French. Sa copine sembla avoir du mal à saisir le concept.

— Tu veux dire qu'elle s'est déboîté la tête ?

— Pas du tout, corrigea Buffy, agacée, tandis que les deux jeunes filles entraient dans la bibliothèque. Je veux dire qu'elle nous a fait un remake de L'*Exorciste*.

— Aïe...

— Ce qui me rappelle que... Comment se fait-il que Blayne ait disparu ? Ne devait-il pas travailler en tête-à-tête avec elle hier soir ?

— Un esprit inquisiteur est un esprit sain, acquiesça Willow en se dirigeant vers l'ordinateur.

Buffy rejoignit Giles. Assis à la grande table, il feuilletait un livre.

— Vous avez trouvé quelque chose ?

— Aucune créature apte à susciter de la terreur chez un vampire, soupira le bibliothécaire.

— Cherchez dans la section des monstres capables de faire pivoter leur tête à cent quatre-vingts degrés, suggéra Buffy.

— C'est impossible, protesta Giles.

— Pour un humain, oui, acquiesça la jeune fille. (Elle se souvint des chapitres six à huit de son manuel de biologie, qu'elle avait scrupuleusement étudiés.) Mais certains insectes le peuvent. Quoi qu'elle puisse être en réalité, je serai prête à l'affronter.

Elle monta les marches qui conduisaient aux rayonnages.

— Que comptes-tu faire ? interrogea Giles.

Buffy grimaça.

— Mes devoirs.

Elle examina des rangées de livres.

— Où sont ceux sur les insectes ?

Le moment est venu, songea Alex, triomphant.

Il avait à peine dormi la nuit précédente, et son sommeil avait été hanté par Mlle French. Les minutes s'étaient étirées jusqu'au cours de biologie.

Après cette longue attente, l'interro écrite lui était tombée dessus comme un seau d'eau glacée. Il y avait vaillamment fait face, rasséréné par l'absence de Blayne.

Il n'a pas l'habitude des vraies femmes ; elle l'a épuisé. Mais les Harris sont faits d'une toute autre étoffe.

L'interro lui avait posé quelques problèmes, notamment parce qu'il avait très peu ouvert son manuel depuis le début de l'année – pour dessiner des moustaches sur les schémas représentant des cellules...

Mais ça avait valu la peine à cause d'un seul instant.

— Gardez les yeux droit devant vous, rivés sur votre copie, avait ordonné Mlle French.

Puis elle s'était approchée d'Alex et avait posé une main sur son épaule. Son cœur s'était arrêté de battre. D'une voix si basse qu'il doutait que même Willow l'ait entendue, elle lui avait soufflé :

— Je crois que tu voulais dire « pollinisation », pour la question quatorze.

Il lui avait lancé un regard reconnaissant avant de corriger sa réponse.

Alors, elle avait ajouté :

— On se voit après les cours.

Après ça, il n'avait pas respiré normalement tout le reste de la journée.

Et maintenant, le moment de séance privée avec Mlle French était venu.

Il entra dans le laboratoire et trouva la remplaçante en train de se préparer un sandwich.

— Bonsoir, dit-il, ravi de réussir à prononcer un mot de plus d'une syllabe en sa présence.

— Bonsoir. J'étais juste en train de grignoter un morceau. Tu veux quelque chose ?

Plusieurs réponses lui vinrent à l'esprit, mais Alex se contenta de répondre :

— Non, merci. Je ne mange jamais avant de fabriquer des sacs à œufs.

Il baissa les yeux vers le modèle qu'elle avait préparé.

— Ouah. Si c'étaient des vrais, ils donneraient des insectes...

— Aussi gros que toi, sourit Mlle French.

— Euh... Alors, balbutia le jeune homme, qui ne voulait pas s'attarder sur cette image, par où commençons-nous ?

— Oh, Alex... J'ai fait quelque chose de vraiment stupide ; j'espère que tu pourras me pardonner.

Elle aurait pu lui révéler qu'elle était responsable du déclenchement d'un conflit nucléaire sans le perturber...

— Magnanime est mon second prénom. En réalité, c'est LaVelle, et j'apprécierais que vous mouriez sous la torture plutôt que de le répéter.

Alex comprit qu'il devait vraiment être amoureux. Jamais il n'avait révélé ce honteux secret, pas même à Willow, à Buffy ou à Jesse.

— J'ai unc réunion de professeurs dans une demi-heure, et j'ai oublié mes notes à la maison. Il faut que je retourne les chercher. Ça te dérangerait de passer chez moi plus tard pour travailler ?

— De passer... chez vous ?

Jusque-là, la vie amoureuse d'Alex s'était résumée aux gloussements hystériques des filles à qui il avait demandé de sortir avec lui. Par conséquent, se faire inviter à passer la soirée chez une aussi jolie femme lui valut un choc d'une amplitude considérable sur l'Echelle de Richter.

Mais dans le bon sens du terme.

— Nous serions seuls tous les deux, ajouta Mlle French sans paraître remarquer son trouble. Je me sentirai plus en confiance, plus détendue...

— C'est très important, d'être détendu, gargouilla Alex, parce que quand on ne l'est pas, on est... tendu.

Oh là là, je recommence à dérailler.

Mais tant pis ! Elle m'a invité chez elle !

— Dans ce cas, je considère que nous avons rendez-vous.

Mlle French prit un morceau de papier sur son bureau, griffonna quelque chose et le tendit à Alex.

— Voilà mon adresse. Je t'attendrai à sept heures et demie, proposa-t-elle.

Rendez-vous. Elle a dit : rendez-vous !

Lentement, car il se croyait incapable de marcher droit sans un effort mental exténuant, Alex se détourna et sortit du laboratoire 109.

Dès que la porte se fut refermée derrière lui, il leva les bras au ciel.

— Ouiiii ! jubila-t-il.

Buffy courut jusqu'à la rambarde de la mezzanine. Elle brandissait un ouvrage de biologie.

— Ecoutez ça, s'exclama-t-elle, très excitée. « La mante religieuse peut faire pivoter sa tête à cent quatre-vingts degrés pour épier ses proies. »

Elle referma le livre d'un air triomphant.

— Alors, vous voyez ?

Puis, face à l'absence de réaction de Giles et de Willow :

— Vous pourriez me féliciter, quand même !

Son amie repoussa ses cheveux derrière ses oreilles comme elle le faisait toujours avant de dire quelque chose qui allait être mal accueilli par ses auditeurs.

— Mlle French est un peu grosse pour une mante religieuse, fit-elle remarquer.

— Mais parfaitement proportionnée et indubitablement féminine, ajouta Giles.

Buffy refusa de capituler. En descendant les marches, elle compta sur ses doigts.

— Premièrement, seule la mante religieuse peut faire pivoter sa tête ainsi. Deuxièmement, un vampire psychopathe a peur d'elle. Troisièmement, il suffit de voir la façon dont elle s'habille pour deviner que c'est une prédatrice.

Ce dernier argument sembla convaincre Willow.

— Les épaulettes, acquiesça-t-elle sagement.

— Tout à fait, jubila Buffy.

Giles tripota son stylo.

— Si vous avez raison, Mlle French est soit une métamorphe, soit une créature capable d'influencer les perceptions humaines. (Une petite lumière parut s'éclairer dans son regard.) Une seconde. A Oxford, j'avais un ami spécialisé en entomologie et en mythologie. Carlyle...

— Entomaquoi ? demanda Buffy.

— En insectes et en contes de fées, traduisit Giles.

La jeune fille hocha la tête.

— Je le savais, mentit-elle.

— Si mes souvenirs sont exacts, juste avant de devenir fou, le pauvre Carlyle affirmait qu'une créature...

Willow les interrompit.

— Buffy, la mère de Blayne vient d'appeler le secrétariat. Il n'est pas rentré chez lui hier soir.

Tandis que la Tueuse rejoignait son amie devant l'ordinateur, Giles demanda :

— Le garçon qui devait travailler avec Mlle French ?

— Lui-même, acquiesça Willow. Et ce soir, c'est le tour d'Alex. Oh mon Dieu, il a craqué pour un insecte géant !

Voyant l'air paniqué de son amie, Buffy voulut la rassurer.

— Calme-toi. Je vais aller le prévenir. Mais avant, j'ai besoin que tu pirates le système informatique de la morgue.

— Que cherches-tu ? demanda Willow.

Buffy réprima un sourire. Son amie était amoureuse d'Alex ; ça semblait évident pour tout le monde, sauf pour le principal intéressé, qui ne s'était aperçu de rien. Sa naïveté aurait été amusante si elle n'avait pas tant blessé Willow.

Mais pour le moment, Buffy avait besoin que son amie se concentre sur autre chose que ses peines de cœur. Lui donner un truc à faire sur Internet était encore le meilleur moyen de la distraire.

— L'autopsie du docteur Gregory. Depuis hier, je me demande par quoi ont été faites les marques sur son cadavre. Ça pourrait être des dents... (Elle désigna une illustration dans son manuel.) Et avec des croquenots pareils, j'espère qu'ils se brossent après tous les repas !

Buffy pivota de nouveau vers Giles.

— Vous disiez quelque chose à propos d'une créature..., lui rappela-t-elle.

Le bibliothécaire avait adopté son air lointain.

— Oh, euh, oui... Il faut que je passe un coup de fil en Angleterre.

Il se dirigea vers son bureau, puis s'arrêta et fit demi-tour.

— Cette intrusion informatique que Willow est sur le point de perpétrer... Je suppose qu'elle n'a rien d'illégal ?

— Absolument pas, répondit Buffy avec autant de conviction qu'on pouvait en mettre dans deux mots.

— Bien sûr que non, renchérit Willow en feignant l'indignation.

Giles ne les crut pas une seconde.

— Je vois. Ou plutôt, non : je n'étais pas là, je n'ai rien vu et rien entendu. Je n'aurais pas pu vous en empêcher.

— Parfait, acquiesça Buffy avec une sincérité moins douteuse.

Quand le bibliothécaire eut disparu dans son bureau, elle saisit sa nouvelle veste en cuir (*Angel...*) et partit en quête d'Alex, abandonnant Willow à ses activités criminelles.

Il lui fallut plusieurs minutes pour trouver son ami.

Il n'était ni dans le laboratoire de biologie, ni en salle d'étude, ni à la cafétéria. Et comme elle venait de la bibliothèque, ça éliminait d'entrée tous les endroits où il traînait d'habitude.

Finalement, Buffy découvrit Alex dans la cour du lycée.

— Coucou, le salua-t-elle en venant s'asseoir près de lui.

— Coucou.

— Alors, comment ça s'est passé avec Mlle French ?

Alex haussa les épaules.

— C'est un peu difficile d'être son chouchou et l'homme qui l'attire le plus dans tout l'univers, mais je crois que je m'en sortirai.

Génial, il a complètement perdu la boule.

— Alex, soupira Buffy, Mlle French n'est pas ce qu'elle a l'air d'être.

— Je sais, acquiesça le jeune homme d'un air gourmand et rêveur à la fois. Elle est tellement plus...

Arrrgh !

— Ecoute, il faut que je te dise quelque chose, et je voudrais que tu ouvres grand tes oreilles pour m'écouter, d'accord ?

— D'accord, acquiesça Alex, interloqué.

Je me lance...

— Je ne crois pas qu'elle soit humaine, avoua Buffy.

Son ami eut un sourire ironique.

— Ah oui ? Et quoi d'autre, dans ce cas ?

— Techniquement, on peut la qualifier d'insecte géant, lâcha très vite Buffy. (Puis, comme Alex semblait sur le point de lui éclater de rire au nez :) Je sais que ça a l'air vraiment bizarre, mais...

— Ce n'est pas bizarre du tout, lâcha le jeune homme sur le ton le plus condescendant qu'elle lui ait jamais entendu. Je comprends tout à fait. J'ai rencontré quelqu'un, et tu es jalouse.

Buffy dut faire appel à toute sa maîtrise d'elle-même pour ne pas briser le cou d'Alex.

— Qu'est-ce que tu racontes ?

— Ecoute, je n'y peux rien s'il existe une attirance physique démentielle entre Mlle French et moi. Une sorte d'alchimie.

— J'ai lu un truc à ce sujet, acquiesça la jeune fille. Ça s'appelle des phéromones. Les insectes les émettent pour attirer un partenaire.

— Mlle French n'est pas un insecte, c'est une femme, d'accord ? s'emporta Alex. Aussi difficile à croire que ça puisse te sembler, une vraie femme qui me trouve séduisant... même si je ne suis pas un type mystérieux qui te donne son blouson en cuir. Et pendant qu'on y est, c'est quoi ce prénom de gonzesse ? Angel ? Ça craint !

— Je ne vois pas le rapport !

— Parce qu'il n'y en a pas, concéda Alex. C'est juste que ça me tracassait depuis plusieurs jours.

Regardant son ami dans les yeux, Buffy comprit qu'elle ne réussirait pas à le convaincre. Il n'avait pas du tout fait attention à ce qu'elle lui avait dit et refusait d'envisager une seule seconde qu'elle puisse avoir raison.

C'était si étonnant de sa part – et, en même temps, si logique étant donné son état d'esprit actuel –, que la jeune fille renonça à lui expliquer.

— Il faut que j'y aille, déclara Alex.

Il se leva et s'éloigna.

Restée seule, Buffy poussa un soupir et rebroussa chemin vers la bibliothèque.

Nous devons trouver un moyen d'arrêter Mlle French avant qu'Alex ne fasse quelque chose de stupide.

Elle réfléchit un instant, puis corrigea :

D'encore plus stupide que d'habitude.

CHAPITRE V

Alex avait cru qu'il ne contemplerait jamais de vision plus glorieuse que celle de Nathalie French traversant la cour du lycée.

Mais il se trompait.

La palme revenait à Nathalie French quand elle lui ouvrit la porte ce soir-là pour sa séance de travail sur les œufs de mante religieuse.

La jeune femme portait... pas grand-chose, à vrai dire. Juste une longue robe noire fendue très haut sur la cuisse et très décolletée.

— Bonsoir, dit-elle avec un sourire qui sembla illuminer la pièce. Entre.

Alex s'exécuta, son regard irrésistiblement attiré par un point situé vingt centimètres au-dessous du menton de Mlle French.

— Tu préfères peut-être que je me change, s'inquiéta celle-ci. Tu ne trouves pas ma tenue un peu... ?

— Non, non, non, répondit précipitamment Alex. C'est la plus belle poitr... Euh, la plus belle robe que j'aie jamais vue.

Bravo pour le lapsus freudien, mon garçon.

— Merci, c'est gentil.

Mlle French saisit deux verres à pied et lui en tendit un.

— Martini ?

Alex hésita.

La plupart des adolescents de son âge buvaient au moins de la bière pendant les soirées étudiantes, mais Alex n'était pas invité aux soirées étudiantes.

Pas invité aux soirées tout court, d'ailleurs...

Aussi son expérience de l'alcool se limitait-elle à quelques verres de vin bus à table lors des dîners chez sa grand-mère. « Ça ne peut pas lui faire de mal », disait toujours la brave femme.

— Navrée, s'excusa Mlle French, remarquant son hésitation. Tu préfères peut-être un jus de fruit ?

Alex prit aussitôt le verre et alla s'asseoir à une extrémité du canapé étroit mais confortable qui trônait dans le salon. Mlle French s'installa à l'autre bout.

— C'est juste que... j'ai besoin de me détendre un peu, avoua-t-elle avec un petit rire gêné. Tu me rends nerveuse. Tu as l'air aussi cool qu'un concombre sorti du Frigidaire.

— J'adore les concombres. Surtout dans cette espèce de salade grecque, avec du yaourt. Vous aimez la nourriture grecque ? Je ne parle pas des schawarmas, bien sûr. Ces gros trucs de viande qui ressemblent à un essaim d'abeilles...

Dieu du ciel, Harris, tais-toi avant de t'être complètement ridiculisé.

Pour se donner une contenance, il vida son verre d'un trait.

Une étrange sensation d'engourdissement naquit à la base de sa gorge, se répandit dans tout son corps en l'espace de quelques secondes et alla se loger entre ses tempes.

— Coucou, balbutia-t-il.

Mlle French sourit et fit tinter son verre encore plein contre celui du jeune homme.

— Tchin-tchin.

Elle sirota une gorgée de Martini.

Ah. Ça ne se boit pas cul sec, constata Alex.

— Puis-je te poser une question indiscrète ? (Elle se rapprocha de lui.) As-tu déjà été avec une femme ?

— Vous voulez dire, dans la même pièce ? croassa Alex pour gagner du temps.

— Tu vois très bien à quoi je fais allusion.

— Oh, ça... Laissez-moi réfléchir, euh... Oui, plusieurs fois. Je veux dire, souvent. Il y avait cette fille... Elle était tellement... (*Abandonne*). En fait, non.

— Je le savais, dit Mlle French en lui caressant les cheveux. J'en étais certaine.

— Vraiment ?

Alex n'était pas ravi d'entendre qu'il portait son manque d'expérience comme un étendard.

— Oh, ça ne me dérange pas, le rassura Mlle French. En fait, je préfère. On pourrait même dire que j'en ai besoin.

— Ah, les besoins... Les besoins doivent être satisfaits, balbutia Alex, du moment que ça n'implique pas l'usage d'onguents le lendemain ou...

Il s'interrompit. Il aurait juré qu'un cri étouffé venait de retentir pas très loin.

— Vous avez entendu ?

— Quoi donc ?

— On aurait dit quelqu'un qui appelait au secours.

— Tu as dû rêver.

Mlle French lui prit les mains et Alex acquiesça intérieurement : il devait sûrement être en train de rêver.

Il déglutit en réalisant que le geste de la jeune femme était exactement celui que faisait Buffy dans son fantasme de l'avant-veille.

— Tes mains sont tellement chaudes, susurra Mlle French.

Mais l'esprit embrumé d'Alex flashait sur la Tueuse.

— Buffy, murmura-t-il. J'aime Buffy. (Il jeta un regard troublé à son verre vide.) Alors c'est ça, un Martini...

— Mouais, acquiesça Mlle French en continuant à lui caresser la main.

A nouveau, Alex entendit crier, et cette fois, il distingua nettement les mots « Au secours ! ».

— Vous avez... ?

— Tu aimerais me caresser ? l'interrompit Mlle French.

Cinq minutes plus tôt, Alex aurait répondu qu'il ne souhaitait que ça. Mais il n'arrivait plus à enchaîner deux pensées cohérentes.

Baissant les yeux sur les mains de Mlle French, il tenta de se concentrer.

— Oh... Elles ressemblent à des pinces, constata-t-il, troublé.

En fait, les bras de son professeur n'avaient plus rien d'humain : on aurait dit des pattes d'insecte géant.

Alex se souvint vaguement de la mise en garde de Buffy.

Puis sa vision se brouilla.

— Le Martini... Je n'aurais pas dû...

Avant de terminer sa phrase, il perdit connaissance.

Giles avait dit qu'il devait passer un coup de fil en Angleterre ; en réalité, il dut en donner plusieurs. Selon Willow, il en était à son quatrième quand Buffy revint après avoir tenté de raisonner Alex.

Apparemment, le nommé Carlyle avait été transféré dans un asile pour dingues encore plus dingues. La nuit était presque tombée lorsque Giles réussit enfin à le localiser.

— Très franchement, madame, dit le bibliothécaire dans son bureau, je n'ai aucune idée de l'heure qu'il peut bien être, et je m'en moque complètement. Maintenant, déverrouillez sa cellule, enlevez-lui sa camisole et traînez-le jusqu'au téléphone pour que je lui parle. C'est une question de vie ou de mort !

Buffy, qui avait parfois été l'objet des rares mais spectaculaires colères de Giles, n'enviait pas son interlocutrice.

— Je l'ai, annonça Willow.

Buffy rejoignit son amie devant l'ordinateur.

— Le rapport complet du médecin légiste... photos couleur incluses, grimaça Willow.

Elle eut un mouvement de recul, mais Buffy se pencha vers le moniteur pour mieux voir.

La jeune fille avait déjà contemplé tant de spectacles atroces que plus rien ne lui répugnait. Pour tout dire, elle préférait le travail propre d'un médecin légiste au carnage sanglant laissé derrière eux par les vampires. Au moins, on y voyait quelque chose.

Apparemment, ils n'ont pas retrouvé la tête...

Buffy compara les marques, sur le cou, avec celles trouvées dans le manuel de la bibliothèque.

— Ce sont bien des traces de dents, déclara-t-elle, triomphante. Et elles correspondent pile poil à celles faites par le seul insecte qui arrache la tête de ses proies.

— Je n'aime pas ça du tout, gémit Willow.

— C'est pourtant ainsi que ça fonctionne. Chez les mantes religieuses, la femelle dévore le mâle pendant l'accouplement.

— Non, non, protesta Willow, qui ne voulait pas penser à de tels détails. Je ne veux pas ! J'aime la tête d'Alex ; c'est là qu'on trouve ses cheveux et ses yeux, et aussi son adorable sourire...

— Du calme, Will, dit Buffy en posant une main sur l'épaule de son ami. Alex ne court aucun danger immédiat. Je l'ai vu quitter le lycée ; à cette heure-ci, il est probablement en sécurité chez lui.

Alex se réveilla allongé dans de la... paille ? Il n'était plus sur le canapé du salon de Mlle French, mais sur un sol froid et inconfortable, dans une pièce très sombre.

Le plancher d'une cage, réalisa-t-il.

Levant les yeux, il découvrit la mante religieuse géante qui l'observait.

Mais c'est impossible, songea-t-il.

C'est alors que les paroles de Buffy lui revinrent en mémoire.

Techniquement, on peut la qualifier d'insecte...

Oh, mon Dieu.

— Mlle French ? hasarda-t-il d'une voix tremblante.

— Je t'en prie, dit la mante religieuse avec la douce voix qui l'avait charmé la veille, appelle-moi Nathalie.

Oh, mon Dieu...

Soudain, une main lui saisit le bras.

— Aaaaahh ! hurla-t-il.

La main était attachée à un bras, lui-même relié au tronc d'une seconde personne : l'occupant de la cage voisine.

Qui n'était autre que...

— Blayne ?

Les pièces du puzzle se mettaient peu à peu en place dans la tête d'Alex, et elles formaient l'image du plus grand crétin qui ait jamais vécu sur cette Terre. Lui.

— Oh là là, oh là là, marmonnait Blayne, les yeux écarquillés.

— Hé, tu vas bien ? s'inquiéta Alex.

— Il faut que tu me fasses sortir de là, il faut que tu... Elle... elle... elle te prend et...

Dans l'esprit d'Alex, la curiosité combattit le dégoût et l'emporta.

— Et quoi ? Qu'est-ce qu'elle te fait ?

— Oh mon Dieu, non, non...

Puisque la curiosité avait gagné, Alex entendait bien qu'elle soit satisfaite. Tendant une main entre les barreaux, il saisit Blayne par le col de sa chemise crasseuse.

— Qu'est-ce qu'elle te fait ? insista-t-il d'une voix forte.

— Elle... elle te sort de la cage et elle t'attache. Et puis elle se met à bouger et à vibrer et des œufs sortent d'elle, et alors...

— Et alors quoi ?

— Elle s'accouple avec toi.

En d'autres circonstances, j'aurais dit que c'était un rêve devenu réalité, songea Alex.

— Elle s'accouple avec toi, répéta-t-il.

— Mais ce n'est pas le pire, révéla Blayne, le regard fou.

— Qu'est-ce qui peut bien être pire ? s'interrogea Alex.

— Tu as vu ses dents ? Pendant qu'elle... Au beau milieu de... Je l'ai vue le faire !

Blayne tendit le doigt vers une troisième cage, dans laquelle reposait un cadavre décapité.

— Je ne veux pas mourir comme ça, gémit-il.

— Du calme, mon vieux. Tout va bien se passer. On va s'en sortir, le rassura Alex.

— Tu as un plan ? demanda avidement son camarade. De quoi s'agit-il ?

Pour une fois qu'il aurait pu avoir la haute main sur la star de l'équipe de football (et de tout le lycée), Alex répugnait à admettre son absence totale d'idées.

— Laisse-moi le temps de le perfectionner.

Blayne ne mordit pas à l'hameçon.

— Mon Dieu, nous sommes perdus, se lamenta-t-il.

Alex soupira.

D'accord, un plan. Que ferait Buffy à ma place ?

Il réfléchit un moment, puis :

Elle tordrait les barreaux grâce à sa force de Tueuse. Pas une option pour moi, malheureusement.

Il examina les barreaux en question. Ceux-ci semblaient rouillés par endroits.

Avec un peu de chance, peut-être que...

Alex s'acharna plusieurs minutes sur celui qui semblait le moins solide. Un peu plus loin, l'insecte géant anciennement connu sous le nom de Mlle French s'agitait dans la pénombre, sans doute pour effectuer ses préparatifs d'accouplement.

Elle doit être en train de se mettre du mascara ou un truc dans le genre, songea Alex en bandant ses muscles.

Entre deux « Oh là là » de plus en plus désespérés, Blayne remarqua enfin les efforts de son camarade.

— Qu'est-ce que tu... ? Ne fais rien qui puisse la mettre en colère, souffla-t-il précipitamment.

Alex l'ignora, et réussit enfin à desceller un barreau.

— Génial ! s'exclama Blayne, dont le visage s'éclaira. Maintenant, je peux sortir de ma cage... pour aller dans la tienne. (Il fronça les sourcils.) A quoi ça t'a servi ?

Alex brandit le barreau.

— A obtenir une arme.

Blayne jeta un coup d'œil à la mante religieuse.

— Tu risques d'en avoir besoin d'ici peu.

Dissimulant le barreau derrière son dos, Alex se tourna vers l'insecte géant (*C'est ça : continue à y penser comme à un insecte, et pas comme à Mlle French*) qui s'approchait d'eux.

La créature s'arrêta devant la cage de Blayne. Le héros des Razorbacks gémit comme une fillette et se réfugia auprès d'Alex.

— C'est lui qui a fait ça ! C'est lui qui a tout cassé ! Emmenez-le à ma place !

Admirable gestion du stress, mon pote.

La mante religieuse se déplaça vers la cage où étaient réfugiés ses deux prisonniers, et tendit une patte vers Blayne. Puis vers Alex. Et à nouveau vers Blayne.

— Qu'est-ce qu'elle fait ? souffla Alex.

— Je crois que c'est am stram gram, répondit le footballeur, pique et pique...

La patte s'immobilisa pointée sur Alex.

— Et colegram, déglutit ce dernier.

Rupert Giles n'avait pas entendu la voix de Ferris Carlyle depuis plus de vingt ans ; apparemment, les années n'avaient pas arrangé ses problèmes mentaux.

— Je comprends, Carlyle... Oui, je prendrai toutes les précautions... Tout à fait, ça m'a l'air d'être la créature que tu décris. Tu avais raison depuis le début, à propos de tout... Non, pas de ta mère qui s'était réincarnée en pékinois... Mais pour le reste, oui. Tâche de te reposer, vieille branche. Oui... Au revoir...

Il raccrocha le téléphone avec la sensation déplaisante d'avoir rampé le long d'une canalisation d'égout. Les souvenirs des années passées à Oxford n'étaient pas de ceux qu'il aimait raviver.

Se frottant le bras gauche comme si celui-ci lui faisait mal, il se leva et retourna dans la grande salle de la bibliothèque, où l'attendaient Buffy et Willow.

— Alors, vous avez trouvé quelque chose ? s'enquit la Tueuse.

Giles hocha la tête.

— Le docteur Ferris Carlyle a passé des années à traduire un langage pré-germanique oublié. Quoi qu'il ait découvert, il l'a gardé pour lui jusqu'à ce que plusieurs adolescents mâles soient assassinés dans les Cotswolds. Alors, il s'est mis en chasse.

— En chasse de... ? interrogea Buffy.

— Il l'a appelé la Mante Tueuse ou Sirène Mante. *Kleptes Virgo*, ou Ravisseuse de Vierges. Elle apparaît dans de nombreuses cultures: chez les Grecs, elle est la sirène qui noie les marins, chez les Celtes...

— Giles, coupa Buffy avec une pointe d'impatience. J'aimerais bien qu'on n'y passe pas toute la nuit.

Le bibliothécaire soupira. Il avait oublié que la durée de concentration de sa protégée était proche du zéro absolu.

— En gros, disons que la Mante Tueuse prend la forme d'une très belle femme et attire des puceaux innocents dans son nid.

— Des puceaux ? répéta Buffy. Alors, Alex ne craint rien. Je veux dire, il est sans doute...

— Sur le point de mourir ! s'étrangla Willow.

Elle se leva et s'élança vers le téléphone.

— Hum. D'accord, dit Buffy. Donc, cette chose veut se reproduire. Il faut que nous la retrouvions et que nous la mettions hors circuit. Des idées sur la manière de procéder ?

— Carlyle recommande de trancher tous ses membres avec une lame bien affûtée, rapporta Giles.

— Découpage en morceaux, donc, acquiesça Buffy.

Résistant à l'envie de lui faire remarquer : « C'est ce que je viens de dire », Giles ajouta :

— Quoi que tu fasses, il vaudrait mieux que ce soit rapide et efficace. Cette créature est extrêmement dangereuse.

— Votre copain Carlyle l'a affrontée, et il a survécu.

— Exact. Depuis vingt ans, une camisole constitue l'essentiel de sa garde-robe ; il vit dans une chambre capitonnée et passe le plus clair de son temps à hurler à la lune.

— Bien, mon général. J'adore votre façon de motiver les troupes, grimaça Buffy.

Giles se raidit.

— Désolé.

Le ciel me pardonne de tenter de donner un tour sérieux à nos conversations.

Le bruit d'un combiné qu'on raccrochait violemment les fit sursauter.

— Alex n'est pas chez lui, annonça Willow en les rejoignant. Il a dit à sa mère qu'il allait chez son professeur de biologie pour travailler sur un projet scientifique. Mais il n'a pas précisé où exactement.

Bien sûr, songea Giles en se remémorant ses propres paroles : *elle attire les puceaux innocents dans son nid.*

— Vois si tu peux dénicher son adresse sur les registres du lycée, ordonna Buffy à Willow. (Puis, se tournant vers Giles :) Quant à vous, il va falloir m'enregistrer un sonar de chauve-souris, et vite.

Le bibliothécaire hocha la tête.

— Un sonar de chauve-souris, d'accord. (Il se figea.) Euh... pour quoi faire ?

— Les chauves-souris mangent les mantes religieuses. Donc quand une mante religieuse entend un sonar, tout son système nerveux part en vrille.

Part en vrille, découpage en morceaux... Tous ces termes techniques me donnent mal à la tête, songea Giles.

— Et où veux-tu que je trouve... ?

— Dans la vidéothèque, dit Buffy en le poussant vers la porte. Il n'y a pas de livres, mais c'est sombre et ça sent le moisi. Vous vous y sentirez comme chez vous.

Giles passa d'abord dans son bureau pour prendre un petit magnétophone à cassette laissé par son prédécesseur. Derrière lui, il entendit Buffy déclarer : « Je m'occupe de l'armurerie », puis un fracas métallique.

Le bibliothécaire découvrit une microcassette où, lors de son arrivée à Sunnydale, il avait enregistré des données désormais inutiles, la fourra dans le magnétophone et se dirigea vers la vidéothèque, où il devait bien admettre qu'il n'avait pas souvent mis les pieds. Les étudiants non plus, d'ailleurs, car elle ne contenait que des bandes éducatives... dont un documentaire sur les chauves-souris, comme il ne tarda pas à le découvrir.

Il y avait là tout l'équipement nécessaire pour un enregistrement vidéo, mais Giles n'avait aucune idée sur la manière dont ça fonctionnait ; de toute façon, le temps pressait. Il localisa la bande – notant au passage, et avec une certaine tristesse, que la dernière personne à l'avoir empruntée était le docteur Michael Gregory –, puis l'introduisit dans un lecteur.

Dès que le documentaire diffusa un sonar, Giles colla son magnétophone à l'enceinte et appuya sur le bouton d'enregistrement.

Dix minutes plus tard, après avoir abondamment grincé des dents, il avait la cassette réclamée par Buffy. Il la rembobina, vérifia que le bruit du sonar était bien audible, puis remarqua que le voyant lumineux des piles clignotait. Ne voulant pas que le magnétophone tombe en panne au beau milieu du combat entre la Tueuse et sa proie, il transféra la cassette dans un autre appareil.

Il revint dans la grande salle de la bibliothèque au moment où l'imprimante crachait une feuille de papier.

— J'ai son adresse, annonça Willow.

— Super, répondit Buffy en posant son sac à dos sur la table. Giles ?

— J'ai la cassette, acquiesça son Observateur en lui tendant le magnétophone. Et l'enregistrer a été encore plus désagréable qu'une visite chez le dentiste.

— C'est pour la bonne cause, lui assura la jeune fille. On y va.

Ils se dirigèrent vers la porte tandis que Willow consultait son papier.

— D'après les archives, Mlle French est née en 1907. Ça lui fait dans les quatre-vingt-dix ans, remarqua-t-elle en fronçant les sourcils.

— Elle est très bien conservée, lâcha sèchement Giles.

Il ne leur fallut pas longtemps pour aller en voiture au 837 Weatherly Drive. Le bibliothécaire se gara devant la maison de Mlle French.

— Et maintenant ? demanda-t-il en traversant le jardin, flanqué des deux jeunes filles. On ne peut quand même pas enfoncer la porte et faire irruption chez elle.

— C'est vrai, ce serait mal, acquiesça Buffy en se préparant à enfoncer la porte.

Avant qu'elle puisse donner un coup de pied dans la serrure, le battant s'ouvrit, révélant une très vieille femme vêtue d'un cardigan de laine, au nez chaussé d'épaisses lunettes.

— Bonsoir, dit-elle aimablement. Il me semblait bien avoir entendu du bruit dehors. Vous vendez quelque chose ? Parce que si c'est le cas, j'aimerais vous aider, mais je n'ai qu'une minuscule retraite...

— Nous cherchons Mlle French, expliqua Buffy.

— C'est moi, acquiesça la vieille femme.

— Nathalie French, précisa la jeune fille, le professeur de biologie.

— C'est moi, répéta son interlocutrice avec un sourire chaleureux. J'ai enseigné pendant plus de trente ans, et pris ma retraite en 1972.

Soudain, tout se mit en place dans la tête de Giles. A présent, il comprenait l'étrange date de naissance qui figurait dans les registres du lycée.

— Je n'arrive pas à y croire, lâcha Buffy, visiblement parvenue à la même conclusion. Elle a utilisé l'identité de Mlle French pour s'introduire dans notre école... Elle pourrait être n'importe où à présent.

— Non, ma chérie, je suis juste devant vous, déclara la vieille femme.

— Qu'allons-nous faire ? demanda Willow, au bord de la panique.

— Les mots *supplications* et *prières abjectes* me viennent à l'esprit, marmonna Giles.

Il était pris de court : au début, il avait pensé que la nature insectoïde de Mlle French était responsable de son vieillissement ralenti. Jamais il n'aurait imaginé que la créature avait usurpé l'identité d'un véritable professeur.

— Je l'ai vue passer près d'ici avec des sacs à provision, se souvint Buffy en désignant l'entrée du Parc de Weatherly. Elle ne doit pas habiter loin...

Willow rebroussa chemin.

— Je vais frapper à toutes les portes.

— Attends, protesta Buffy en la retenant. Nous n'avons pas le temps.

— Mais nous devons faire quelque chose ! s'exclama son amie.

Elle avait des larmes dans la voix ; pour la première fois, Giles mesura à quel point elle était amoureuse d'Alex.

— Bien sûr, acquiesça Buffy.

Elle traversa le jardin et se dirigea vers une bouche d'égout. Après avoir sorti un rouleau de corde de son sac à dos, elle souleva la plaque avec tant de facilité que Giles, s'il n'avait pas su à quel point c'était lourd, aurait pu la croire moulée dans du plastique.

— Ça ne sera pas long, promit Buffy en disparaissant dans l'ouverture.

Pendant des millénaires – bien que, d'après sa montre, à peine trois minutes se soient écoulées –, Giles et Willow demeurèrent accroupis à côté de la bouche béante. Le bibliothécaire finit par appeler

Buffy, mais il n'obtint aucune réponse. Il se demanda ce que fabriquait sa protégée.

— Dépêche-toi, Buffy ! s'impatienta Willow.

Soudain, Giles se souvint que les égouts étaient la résidence du fameux vampire manchot. Buffy avait-elle l'intention d'utiliser Main-Fourchue comme une sorte de détecteur d'insectes géants ?

Il entendit un bruit, dans les fourrés derrière lui. Au moment où il se relevait et pivotait sur les talons, Buffy émergea des buissons, poussant devant elle un vampire aux cheveux longs et aux épaules carrées, dont les mains étaient attachées dans le dos. Ou plutôt, la main et les griffes.

— Toi ! s'exclama le mort-vivant en reconnaissant la Tueuse à la lumière de l'éclairage public.

— Moi, confirma Buffy avec un sourire.

D'une bourrade, elle le força à avancer dans la rue.

— Bouge-toi ! Dis-moi où elle est...

Giles et Willow leur emboîtèrent le pas. Visiblement, le bibliothécaire avait deviné juste : les vampires percevaient la véritable nature de la Mante Tueuse.

Peut-être parce que son sang n'est pas comestible pour eux.

Dans tous les cas, ça allait leur être très utile.

— Dans quelle maison est-elle ? Je sais que tu as peur d'elle, je t'ai vu ! Dépêche-toi !

Alors qu'ils passaient devant une petite maison entourée par une barrière blanche typiquement américaine, Main-Fourchue se tendit.

— Quoi ? le pressa Buffy. C'est ici, tu en es sûr ?

Le vampire ne répondit pas et se détourna. Malgré le récit que lui avait fait la Tueuse, Giles fut choqué par la terreur qui se lisait sur son visage.

Buffy l'entraîna de force vers la maison.

— Encore mieux qu'un radar, se félicita-t-elle.

Main-Fourchue rentra la tête dans les épaules et laissa échapper un grognement.

La petite bâtisse était plongée dans le noir, à l'exception d'une lumière qui filtrait d'un soupirail.

Giles reporta son attention sur Main-Fourchue, juste au moment où celui-ci achevait de trancher ses liens avec ses griffes.

— Attention ! cria-t-il en même temps que Willow.

Main-Fourchue se jeta sur Buffy, qui esquiva avec son agilité coutumière. Mais elle trébucha et tomba sur la pelouse. Le vampire la toisa d'un air menaçant ; elle recula en s'aidant de ses coudes et de ses pieds jusqu'à ce que son dos entre en contact avec la barrière blanche.

Tandis que Giles s'interrogeait sur l'opportunité de lui venir en aide, Buffy arracha un des piquets et s'en servit pour embrocher Main-Fourchue. Le vampire explosa dans un nuage de poussière.

— Vous venez ? lança la Tueuse, nullement perturbée, en se relevant et en se dirigeant vers la maison.

Une capacité de concentration inexistante, mais des réflexes remarquables, se félicita Giles.

Alors résonna un hurlement à glacer les sangs...

CHAPITRE VI

La mante religieuse ouvrit la porte de la cage et fit signe à Alex de sortir.

D'accord. Voici venu le moment où je triomphe des forces des ténèbres et survis assez longtemps pour voir le soleil se lever de nouveau...

Le barreau arraché dissimulé derrière son dos, il sortit de sa minuscule prison les pieds en avant.

— J'arrive, j'arrive...

Dès qu'il fut assez près, il abattit son arme sur la tête de la mante religieuse, puis se releva d'un bond et s'élança vers l'escalier.

J'ai réussi ! Je suis libre ! Je suis vivant !

Une patte tendue sur le sol le fit trébucher, et il s'affala lourdement sur la première marche.

J'ai échoué. Je suis pris. Je vais mourir.

Une autre patte s'enroula autour de son torse et le souleva avec une facilité effrayante. La mante religieuse le porta jusqu'à un mur auquel elle l'attacha avec des lanières de cuir.

Si quelqu'un m'avait dit hier que Mlle French essaierait de me faire le coup du bondage, j'aurais été aux anges, songea amèrement Alex. *Vu de près, ça ressemblerait plutôt à l'enfer...*

— Ça commence, déclara Blayne d'une voix tremblante.

— Quoi ? Qu'est-ce qui commence ? demanda Alex, paniqué, bien qu'il ne soit pas certain de vouloir le savoir.

— Comment tu aimes tes œufs, mon pote : durs ou à la coque ?

— Mes œufs ? Elle va pondre des...

Les paroles prononcées une éternité plus tôt par Mlle French pendant leur cours de biologie lui revinrent en mémoire : « La mante californienne pond ses œufs, puis trouve un mâle pour les fertiliser ».

Quelques sacs étaient déjà pendus au mur, non loin de lui : sans doute le résultat de sa nuit torride avec le pauvre type dont les restes occupaient la cage voisine de celle de Blayne.

C'était peut-être juste dans l'imagination d'Alex, mais il lui sembla que la mante religieuse souriait. Il ignorait que les insectes en étaient capables.

Puis elle se pencha vers lui et dit avec la voix de Nathalie French :

— Embrasse-moi.

Luttant pour se dégager de ses liens, Alex lâcha :

— Je peux juste dire un truc ? Au secouuuuuuuurs !

Comme en réponse à son appel, la vitre d'un petit soupirail, à côté de l'escalier, vola en éclats. La plus belle créature qu'Alex ait jamais contemplée se laissa souplement tomber sur le sol de la cave.

Buffy.

— Par ici ! s'époumona Blayne. Dans la cage !

Avec un bon sens remarquable, Buffy l'ignora et se tourna vers la mante religieuse.

— Lâche-le ! ordonna-t-elle.

De son sac, elle tira deux bombes insecticides dont elle pulvérisa le contenu à la tête de l'insecte géant. L'odeur était horrible. Sur le coup, Alex la trouva bien plus agréable que celle d'un bouquet de roses.

La mante religieuse battit en retraite dans un coin.

— A l'aide ! continuait à appeler Blayne. Sauvez-moi !

La ferme ! Tu es en sécurité dans ta cage ! songea Alex, furieux.

— Faites-les sortir d'ici, ordonna Buffy.

Alors, Alex remarqua que Giles et Willow avaient suivi la Tueuse par la fenêtre. Son amie se dirigea vers la cage de Blayne et tenta de l'ouvrir, pendant que le bibliothécaire dénouait ses liens.

Au grand étonnement d'Alex, Buffy brandit un magnétophone comme s'il s'était agi d'un sabre de samouraï.

— Tu te souviens du docteur Gregory, le prof dont tu as boulotté la tête ? Il m'a appris une chose : si on fait ses devoirs, on apprend des tas de trucs. Comme l'effet produit sur le système nerveux des mantes religieuses par *ça*.

Elle appuya sur le bouton de lecture.

— ... Capital d'effectuer un classement qui ne tienne pas seulement compte de l'ordre alphabétique, déclara la voix de Rupert Giles.

Perplexe, Alex cligna des yeux. *Je sais quel effet produisent sur moi les discours de Giles. Mais sur une mante religieuse... ?*

Buffy appuya sur le bouton d'arrêt.

— Giles ? appela-t-elle d'une voix où perçait l'inquiétude.

— Ça doit être la mauvaise face, répondit le bibliothécaire avec une grimace d'excuse.

La mante religieuse bondit pour attaquer Buffy. Le magnétophone vola à travers la pièce et atterrit sous un vieux frigo. Giles plongea pour le récupérer.

L'insecte géant tenta d'embrocher son adversaire avec une de ses pattes. Mais la jeune fille s'écarta à temps.

La musique d'*Indiana Jones* résonnant dans sa tête, Alex s'interposa entre Buffy et la mante religieuse, qu'il aspergea d'insecticide.

Cette fois, la créature eut l'air modérément ennuyée. Elle pivota vers Alex. Sans faire preuve d'aucune gratitude, Buffy bouscula le jeune homme pour l'éloigner du danger.

La mante religieuse parvint à envoyer la Tueuse au tapis. Mais son adversaire lui décocha trois coups de pied qui la ralentirent assez pour lui laisser le temps de se relever.

Giles se rcleva, le magnétophone à la main, et appuya sur la touche lecture. Alex frémit quand un crissement abominable se répandit dans la cave.

Qu'est-ce que c'est ?

La mante religieuse tourna sur elle-même en poussant un cri aigu, comme si elle était à l'agonie.

— Le sonar d'une chauve-souris suffit à dérégler ton système nerveux, pas vrai ? jubila Buffy.

Plongeant la main dans son sac à dos, elle en sortit une machette.

— Et maintenant, la Tueuse a le plaisir de t'offrir un aller simple pour l'enfer !

Cette fois, elle ressemblait vraiment à un samouraï. Avec un mélange de répulsion et de joie, Alex regarda Buffy s'acharner sur la mante religieuse jusqu'à ce que le sol de la pièce soit couvert de morceaux n'excédant pas trente centimètres de long.

Moins d'une minute plus tard, c'était terminé.

Giles se releva, épousseta son pantalon de tweed et rempocha le magnétophone.

— Je pense qu'elle est morte, constata-t-il sobrement.

— Et disséquée, ajouta Willow, qui avait réussi à libérer Blayne.

— Tu vas bien ? demanda Alex à Buffy.

— Oui, pas de problème, lui assura la jeune fille.

S'attendant à recevoir l'engueulade de sa vie, Alex décida de prendre les devants.

— Tu avais raison, je suis un fieffé imbécile, et que Dieu te bénisse.

Buffy lui fit un sourire qui disait : « Tout est pardonné ». Il lui en fut presque plus reconnaissant que de son sauvetage *in extremis*.

— Merci à vous aussi, ajouta-t-il en se tournant vers Gilcs et Willow.

— Oui, c'était très aimable à vous, dit poliment Blayne, qui reprenait peu à peu ses esprits.

— Mais de rien, assura Giles.

— Je suis contente que tu ailles bien, dit Willow en se rapprochant d'Alex. Il est si injuste qu'elle se soit attaquée à des puceaux...

Le jeune homme cligna des yeux.

— Je te demande pardon ?

— Je veux dire que, euh..., bafouilla Willow. Vous avez raison de vous réserver pour le grand amour, quand tellement de garçons de votre âge se jettent dans les bras de la première venue.

Blayne se redressa d'un coup.

— Du calme, poupée. Je ne suis pas...

Giles sourit.

— Tel est le *modus operandi* de la Mante Tueuse, expliqua-t-il : elle ne se nourrit que de jeune gens purs.

Purs, c'est déjà mieux que puceaux, songea Alex.

— Bref, tout est bien qui finit bien, résuma-t-il.

Blayne foudroya ses compagnons du regard.

— Mon père est avocat, gronda-t-il. Si l'un d'entre vous répète ça à qui que ce soit, il en répondra devant un tribunal !

Sous quelle accusation ? se demanda Alex. *Pour avoir exposé tes mensonges éhontés ?*

— Blayne, dit-il calmement. Ferme-la.

— Je ne trouve pas que ce soit honteux, sourit Willow. Au contraire, c'est plutôt attendri...

Alex se pencha pour ramasser la machette que Buffy avait abandonnée sur le sol.

— Mais bien entendu, je n'en soufflerai mot à quiconque, se hâta de rectifier Willow.

Son ami sourit, puis se dirigea vers les sacs d'œufs pendus au mur.

Méthodiquement, comme un boxeur qui s'acharne sur un punching-ball, il entreprit de les découper en lanières.

La chose la plus agréable qu'il ait faite depuis des semaines.

Lors de leur rencontre suivante au *Bronze*, Angel ne fit pas un bruit en apparaissant soudain près de Buffy.

Mais la jeune fille était perdue dans ses pensées, et la musique résonnait particulièrement fort ce soir-là. Pourtant, Angel avait toujours l'air de jaillir de nulle part.

Une habitude très agaçante, décida-t-elle.

Puis elle s'aperçut qu'elle portait la veste en cuir qu'il lui avait prêtée. Le rose lui monta aux joues.

— J'ai entendu dire qu'un vampire de moins arpentait les rues de Sunnydale, déclara Angel.

— C'est exact. Merci pour le tuyau, répondit la jeune fille.

Angel lui fit son drôle de demi-sourire.

— Tout le plaisir était pour moi.

— Evidemment, hasarda Buffy, ce serait beaucoup plus simple si je savais où te joindre...

— Je traîne souvent dans le coin.

— Ou qui tu es.

Cette fois, elle eut droit à un sourire complet.

Une partie d'elle-même eut envie de flanquer un direct dans la mâchoire d'Angel pour lui apprendre à se moquer d'elle. Mais l'autre partie était trop occupée à vouloir se noyer dans son sourire.

— Enfin bref, balbutia-t-elle, s'arrachant à sa contemplation. (Elle fit mine d'enlever la veste.) J'ai quelque chose à te rendre, je crois...

Angel leva une main pour l'arrêter.

— Tu peux la garder. Elle te va mieux qu'à moi.

Il passa une main le long du col.

Buffy trouva que la température à l'intérieur du *Bronze* devenait insupportable.

Puis Angel s'éloigna. Elle garda les yeux fixés sur l'endroit où il avait disparu bien longtemps après qu'il fut sorti de la boîte.

— Oh, mon Dieu...

Le proviseur Flutie avait trouvé un nouveau professeur de biologie pour remplacer le docteur Gregory. Plus grand et moins chevelu que son prédécesseur, il avait toute la présence charismatique d'une plante morte.

Buffy n'avait jamais apprécié les talents d'orateur du docteur Gregory... jusqu'au moment où elle dut écouter ce type, dont elle n'avait même pas retenu le nom, déblatérer d'une voix monocorde pendant une heure d'affilée.

— Vos copies devront faire exactement six pages : pas une de plus, pas une de moins. Elles compteront pour un tiers de votre moyenne semestrielle : pas un point de plus, pas un point de moins.

Le reste de l'année s'annonce mal, songea Buffy.

Elle commençait tout juste à s'intéresser aux sciences naturelles, et soupçonnait que ce nouveau professeur allait rapidement éteindre en elle la flamme fragile de la connaissance.

Elle jeta un coup d'œil vers la table voisine où Alex essayait désespérément – mais sans succès – de prêter attention au discours de l'homme-plante. Sans doute un résidu de culpabilité, combiné à sa détermination de ne plus jamais tomber entre les pattes d'une mante religieuse géante.

Quant à Willow, l'éternelle première de la classe, elle semblait lutter pour garder les yeux ouverts.

Oh oh, sourit Buffy. *S'il arrive même à assommer Will, c'est un cas irrécupérable.*

Deux ou trois siècles plus tard, la cloche sonna. Buffy se leva pour sortir, mais quelque chose attira son attention sur une petite table.

Les lunettes fêlées du docteur Gregory, à l'endroit où elle les avait posées quelques jours plus tôt.

Je veux juste que vous travailliez. Et que vous ne vous souciez pas de l'opinion négative du proviseur à votre sujet... Ou de celle de quiconque, d'ailleurs. Faites-lui bouffer votre dossier ; prouvez-lui que vous valez mieux que ce qu'il croit.

Je ferai mon possible, promit Buffy.

Puis elle rangea les lunettes dans le placard et s'en fut à son cours suivant.

CE SOIR (2)

Alexandre Harris faisait très peu de cauchemars. Un jour, à la fin de son année de seconde, il avait eu l'occasion d'affronter l'un d'eux en chair et en os : le clown engagé pour divertir les invités le jour de son sixième anniversaire.

Mais il doutait fort que l'image de la mante religieuse se penchant pour lui dévorer la tête s'efface un jour de son esprit.

Il descendit à la cuisine se chercher un verre d'eau. Rien que de penser à « Mlle French », il en avait la bouche sèche.

Evidemment, songea-t-il en saisissant le broc en plastique que sa mère rangeait dans la porte du Frigidaire, *certains types de mon âge préféreraient quelque chose de plus fort.*

Mais comme sa première véritable expérience avec l'alcool impliquait la mante religieuse, il risquait de continuer à s'abstenir jusqu'à la fin de ses jours.

Au moins en ce qui concernait les Martini.

Pendant qu'il remontait dans sa chambre, il passa en revue tous les événements qui s'étaient produits depuis l'attaque de la mante religieuse.

D'abord, ses amis et lui avaient découvert qu'Angel était un vampire. Mais un vampire affligé d'une âme : donc, techniquement, un « gentil » vampire.

D'après ce qu'Alex avait compris, il s'était attiré les foudres d'une tribu de gitans un siècle plus tôt, et les anciens l'avaient puni en le dotant d'une conscience.

L'idée qu'être capable d'avoir des remords était une malédiction mettait le jeune homme mal à l'aise.

Tout comme ce qui s'était passé entre Buffy et Angel, cette espèce de relation amoureuse contre nature. Même si Alex n'avait pas été mortellement jaloux de son rival, les faits parlaient d'eux-mêmes. Angel était un vampire et Buffy la Tueuse. Un pieu bien acéré aurait dû être le seul lien possible entre eux.

Pourtant, les tourtereaux ne l'envisageaient pas sous cet angle. Et Alex était forcé de reconnaître qu'Angel leur avait rendu service à maintes reprises : combien de fois leur avait-il sauvé la mise face au Maître et à ses séides ?

Puis Giles leur avait révélé la prophétie : « Le Maître se relèvera, et la Tueuse mourra ».

Au départ, Buffy avait émis quelques réserves bien compréhensibles. Mais elle avait fini par se plier à son destin pour affronter le chef des vampires de Sunnydale.

Alex n'avait vu aucune raison qu'elle fasse le sale boulot toute seule. A contrecœur, il avait réclamé l'aide d'Angel et s'était rendu dans l'église qui servait de prison au Maître.

Trop tard, hélas. A leur arrivée, le vampire avait disparu et Buffy gisait la tête dans l'eau. Ses poumons remplis d'eau avaient cessé de fonctionner.

Pourtant, Alex avait refusé d'accepter sa mort. Rassemblant ses maigres souvenirs du cours de secourisme auquel il avait assisté dans un camp de vacances, il avait fait du bouche-à-bouche à la jeune fille.

Et ça avait marché.

Revenue à la vie, Buffy avait éliminé le Maître. Pendant quelques mois, les choses s'étaient un peu calmées à Sunnydale. Même Cordélia, présente lors de la mort du vampire, avait fini par accepter qu'elle habitait sur la Bouche de l'Enfer. Elle était devenue leur alliée et avait commencé à se conduire d'une manière presque tolérable.

Mais à Sunnydale, le calme précédait toujours la tempête.

Dès la rentrée des classes, les morts-vivants avaient tenté de réveiller le Maître. Puis Spike et Drusilla avaient débarqué en ville pour semer le chaos avec leur style inimitable. Et ensuite...

Ensuite, il y avait eu Ampata.

Ouvrant son armoire, Alex s'examina dans la glace qui ornait l'intérieur d'une des portes.

Mes vêtements sont très bien. Ils font passer le message que je suis moi ! Une chemise en flanelle par-dessus un T-shirt pas rentré dans le pantalon, c'est du moi tout craché.

En tout cas, ça n'avait pas l'air de déplaire à Ampata.

Posé sur une étagère, il remarqua le chapeau de cowboy qui avait fait partie de son déguisement pour la soirée d'échange culturel au *Bronze*.

Ce soir-là, Ampata était sa cavalière.

LA MOMIE INCA
DÉBUT DE PREMIÈRE

CHAPITRE PREMIER

La bonne nouvelle pour Alex, c'était que la Semaine d'Echange Culturel allait commencer à Sunnydale. Cet événement annuel, instauré par le lycée et le conseil municipal, permettait à des étudiants étrangers de faire l'expérience de la vie aux Etats-Unis, et aux étudiants locaux d'entrer en contact avec d'autres cultures.

En réalité, l'échange durait deux semaines. Mais comme Alex l'avait fait remarquer quand Willow et lui avaient expliqué l'histoire à Buffy, le mois précédent, les « Deux Semaines d'Echange Culturel » sonnaient moins bien. Giles avait suggéré « Quinzaine d'Echange Culturel », mais les trois jeunes gens l'avaient dévisagé comme s'il venait d'une autre planète jusqu'à ce qu'il batte en retraite dans son bureau.

Alex adorait cette période de l'année, surtout parce que les cours étaient plus ou moins suspendus pendant que les participants du programme s'auto-congratulaient sur la diversité de leurs cultures.

La mauvaise nouvelle, c'était que cette année, les réjouissances comprenaient une visite scolaire au musée d'histoire naturelle de Sunnydale. Celui-ci recevait une exposition itinérante consacrée aux trésors d'Amérique Latine et programmée à dessein pour coïncider avec l'arrivée des étudiants étrangers.

Jadis, Alex adorait les sorties scolaires. Mais pendant la dernière, au zoo de la ville, lui et quatre autres lycéens avaient été possédés par l'esprit de hyènes...

Résultat : ils avaient dévoré la mascotte de l'école et le proviseur Flutie. Même s'il n'avait pas participé à ce dernier acte de cannibalisme, Alex en avait conçu l'opinion que les visites scolaires étaient une très mauvaise idée quand on habitait sur la Bouche de l'Enfer.

Snyder, le petit bonhomme autoritaire et déplaisant qui remplaçait Flutie, était globalement contre les sorties : une des rares choses qu'Alex appréciait chez lui. Mais cette fois, il avait bien été obligé de donner son accord.

— C'est tellement injuste, soupira Buffy tandis qu'ils approchaient du grand escalier du musée.

Pendant tout le trajet en bus, elle s'était lamentée parce que sa mère avait consenti à héberger chez eux l'un des étudiants étrangers. Alex se voyait épargner cette épreuve, son père n'ayant exprimé aucun enthousiasme à l'idée de transformer leur maison en « hôtel gratuit pour un morveux qui ne parle même pas notre langue », comme il l'avait très aimablement formulé.

— Je ne trouve pas que ce soit si terrible, protesta Willow.

— C'est carrément catastrophique, insista Buffy. Maman aurait au moins pu me prévenir.

— Beaucoup de parents se sentent tenus de participer cette année, intervint Alex. Il y a des tonnes de réjouissances prévues : l'exposition, le bal au *Bronze*...

— A ce sujet, j'ai trouvé un costume génial, déclara Willow, s'efforçant de détourner la conversation.

Mais Buffy ne mordit pas à l'hameçon.

— Un inconnu va squatter ma maison pendant deux semaines. Il me rendra folle ! Je ne me donne pas trois jours avant de devenir un danger public.

— Moi, je trouve le programme d'échange culturel très cool, dit Alex avec toute la conviction de quelqu'un qui n'y était pas impliqué de près.

Les deux filles lui jetèrent un regard sceptique.

— Non, vraiment. C'est une idée remarquable que de fusionner plusieurs cultures.

— As-tu jamais participé à ce programme ? s'enquit Buffy, soupçonneuse.

Alex fit mine de réfléchir.

— Mon père a essayé de me vendre à des Arméniens quand j'étais petit. Ça compte ?

Sa boutade eut au moins le mérite d'arracher un sourire à Buffy.

Les trois amis entrèrent dans le hall du bâtiment, qui abritait une exposition de dinosaures.

Je me demande pourquoi il y en a une dans tous les musées d'histoire naturelle ? s'interrogea Alex.

Debout près d'un squelette à l'air particulièrement redoutable, Cordélia et ses groupies examinaient un trombinoscope. Passant près d'elle, Willow, Alex et Buffy entendirent la jeune fille déclarer :

— Voici le mien, Sven. N'est-il pas mignon à croquer ? Le plus adorable de tous.

Evidemment. Il faut toujours que sa Détestable Majesté ait ce qui se fait de mieux, songea Alex.

Buffy se rapprocha du petit groupe et demanda :

— Qu'est-ce que vous regardez ?

Quelques mois plus tôt, Cordélia n'aurait même pas donné l'heure à Buffy, et celle-ci se serait bien gardée de la lui demander.

Depuis, la Tueuse avait sauvé la vie de sa camarade à deux reprises : la première fois, quand une fille invisible avait commencé à attaquer tous ses amis, la seconde, quand deux lycéens un peu dérangés du ciboulot avaient voulu utiliser sa tête comme touche finale à leur Fiancée de Frankenstein.

Alex supposait que c'était assez pour faire fondre, au moins en surface, la plus glaciale des relations. Personne ne pourrait jamais accuser Buffy et Cordélia d'être amies, mais à présent, elles se traitaient de manière civilisée.

Si quelqu'un avait posé la question à Alex, il aurait répondu que se montrer poli avec Cordélia était une perte de temps. Mais tout le monde se moquait bien de son avis.

— Les photos des étudiants étrangers, répondit Cordy en montrant à Buffy celle de Sven, qui ressemblait peu ou prou à une divinité nordique. Regarde ça !

Cent pour cent suédois, cent pour cent craquant, cent pour cent à moi.

Ils se dirigèrent vers la salle des reliques sud-américaines, qui précédait celle de l'exposition itinérante.

— Et le tien ? s'enquit Cordélia. A quoi il ressemble ?

Buffy haussa les épaules.

— Je n'en sais rien. A un garçon.

Une lumière rouge s'alluma aussitôt dans la tête d'Alex. Bien qu'elle se soit abondamment répandue sur la gêne que lui causait la présence d'un étudiant étranger chez elle, Buffy n'avait jamais précisé le sexe du squatter.

— Tu veux dire, une fille qui ressemble à un garçon ? Un garçon manqué, alors ?

De nouveau, Buffy fit un geste d'ignorance.

— On m'a juste dit que c'était un garçon.

Alex fulminait. Il n'arrivait pas à croire que la Tueuse, l'Elue, celle qui bouffait des vampires tout crus par paquets de six pour son petit déjeuner, accepte sans protester la présence d'un étranger, mâle de surcroît.

— Et tu n'as même pas demandé à voir sa photo ? s'étonna Cordélia. S'il était couvert de boutons ? (Elle secoua la tête.) Tu aimes vivre dangereusement.

Alex leva les mains.

— On se calme ! fit-il, paniqué. Tu veux dire que la personne qui va vivre avec toi pendant deux semaines est un garçon ? Avec des attributs masculins ? Mais c'est affreux !

— Qu'est-il arrivé à cette « idée remarquable de fusionner deux cultures » ? demanda Willow.

— Il n'est pas question de fusion, s'emporta Alex. Ce type a intérêt à garder ses attributs pour lui.

Quelque chose attira l'attention de Buffy.

— Que fait-il ?

Suivant son regard, Alex vit un lycéen qui tripotait une des reliques exposées.

— C'est Rodney Munson, lâcha-t-il, dégoûté.

Un autre lycéen voulut s'approcher pour mieux voir ; Rodney grogna, découvrant les bagues métalliques qui garnissaient ses dents. Son camarade haussa un sourcil et s'éloigna sans demander son reste.

A la connaissance d'Alex, Rodney était le seul au monde qui ait l'air plus intimidant avec un appareil dentaire que sans.

— Un véritable cadeau du ciel, ironisa-t-il. Il compense sa stupidité par un remarquable manque d'intelligence.

— Tu ne l'aimes pas parce qu'il t'a tapé dessus tous les jours pendant cinq ans, fit remarquer Willow, toujours philosophe.

— Ouais, grogna Alex : j'ai la haine irrationnelle.

Buffy fit un pas vers Rodney.

— Il faut que je l'arrête avant qu'il ne s'attire des ennuis.

Willow s'interposa.

— J'y vais. Une approche non-violente est sans doute plus indiquée dans cette situation.

Tandis qu'elle s'éloignait pour dompter la bête sauvage, Buffy s'indigna :

— Je n'allais pas employer la violence ! Je n'emploie pas *toujours* la violence ! (Elle se tourna vers Alex et demanda d'une toute petite voix :) Pas vrai ?

Le jeune homme lui posa une main rassurante sur l'épaule.

— L'important, c'est que tu y croies.

Il vit Willow s'approcher de Rodney, qui fit mine de grogner puis se ravisa en découvrant à qui il avait affaire.

— Qu'est-ce que tu... ? Oh, Willow, c'est toi.

Alex secoua la tête et réprima un gloussement. Si les élèves les plus snobs – comme Cordélia et sa clique – avaient tendance à mépriser Willow, la jeune fille était bien vue de tous les Cromagnons du lycée, auxquels elle ne refusait jamais de donner des cours de rattrapage ou un coup de main pour leurs révisions.

— Je ne pense pas que tu devrais faire ça, dit Willow en indiquant la main de Rodney d'un signe du menton. Tu pourrais avoir des ennuis.

Alex vit que le jeune homme tenait un canif dont il se servait pour racler la poussière d'or sur un masque.

Très classe, mon pote.

Rodney fit mine de frissonner d'horreur.

— Oh, non ! Rien que de penser que je pourrais être renvoyé, ça me file une trouille mortelle.

Willow sourit.

— On se voit toujours demain pour tes révisions de chimie ?

— Ouais. J'ai presque mémorisé les quatorze éléments du tableau, se rengorgea Rodney.

— Euh... Il y en a cent trois, lui rappela Willow.

— Ah... J'ai encore du boulot en perspective, alors.

— Pendant que j'y serai, on en profitera pour jeter un coup d'œil à ton dernier devoir de maths.

— Merci.

A cet instant, une voix sortit d'un haut-parleur installé à l'entrée de l'exposition itinérante.

— Bienvenue, jeunes gens. Nous allons maintenant passer dans la chambre funéraire inca. Le sacrifice humain, ajouta le guide d'une voix qui se voulait sinistre, est sur le point de commencer.

Les lycéens se regroupèrent. Willow rejoignit Alex et Buffy, tandis que Rodney s'en allait de son côté.

Ils entrèrent dans une vaste salle plongée dans la pénombre où quelques spots éclairaient diverses reliques. La pièce de résistance était un sarcophage de pierre géant installé sur une estrade. Les trois amis se glissèrent dans la file d'attente pour y jeter un coup d'œil.

— Le coup typique dans tous les musées, marmonna Alex. On vous promet un sacrifice humain, et tout ce qu'il y a à voir, ce sont de vieux pots ébréchés.

Le guide continuait son discours.

— Il y a cinq cents ans, le peuple inca choisit une belle jeune fille pour devenir sa princesse.

— J'espère que l'histoire se termine par « ils vécurent heureux et eurent beaucoup d'enfants », chuchota Willow.

Comme ils atteignaient le sarcophage, Alex vit que celui-ci était occupé par un corps momifié qui semblait taillé dans du cuir. Ses orbites étaient creuses, ses dents grimaçaient entre des lèvres desséchées, et ses bras serraient sur sa poitrine une sorte de grosse assiette peinte.

— Je crois plutôt que ça se termine par « et elle se changea en une affreuse momie rabougrie », répliqua le jeune homme.

— Les Incas sacrifièrent leur princesse au dieu de la montagne Sebancaya, confirma le guide. Ils firent d'elle une offrande enterrée vivante dans cette tombe obscure.

— Ils auraient au moins pu l'envelopper dans de jolis bandages blancs comme ceux qu'on voit dans les films, protesta Willow.

— La princesse y repose depuis, protégée par un sceau maudit destiné à avertir ceux qui auraient l'idée de la réveiller, acheva le guide.

Alex trouvait ça un peu dégoûtant, mais il n'était pas vraiment choqué. Depuis deux ans, il avait assisté à des choses beaucoup plus bizarres et effrayantes que le sacrifice d'une princesse.

Et puis, il avait d'autres soucis en tête.

— Alors, Buffy, quand doit arriver ton bel étudiant étranger ?

— Il s'appelle Ampata. Je dois aller le chercher à la gare routière demain soir.

— La gare routière de Sunnydale... Quelle meilleure façon d'accueillir un visiteur qu'en lui faisant respirer cette inimitable odeur d'urine ?

— A présent, si vous voulez bien me suivre, dit le guide en se dirigeant vers d'autres merveilles incas.

Rodney n'arrivait pas à croire que le musée d'histoire naturelle soit aussi mal protégé. C'était comme si le conservateur cherchait à se faire détrousser.

Toutes les lumières de l'exposition itinérante étaient braquées sur les reliques disposées dans des vitrines ou sur des estrades, ce qui laissait de nombreux recoins sombres où se dissimuler.

Rodney attendit patiemment que les autres étudiants quittent la pièce, puis que le musée ferme. Il mourait d'envie de griller une clope, mais il avait bien retenu la leçon : la dernière fois, la fumée avait déclenché le système anti-incendie.

Il songea tout à coup qu'on s'apercevrait peut-être de son absence dans le bus. La plupart des gens l'évitaient, mais Willow remarquerait sans doute qu'il n'était plus là. De toute façon, qui s'en souciait ? Si ce vermisseau de Snyder le convoquait encore dans son bureau, il n'aurait qu'à prétendre qu'il s'était perdu.

Dès que toutes les portes se furent refermées, Rodney se glissa hors de sa cachette. Mieux valait ne pas songer à emporter le contenu des vitrines, qui devaient être munies d'alarmes. Mais rien ne protégeait la momie et son sceau.

Le débile en costume bleu foncé avait prétendu que l'objet était maudit. Rodney ne savait qu'une chose : il avait l'air très ancien et très précieux. Sans doute réussirait-il à en tirer un bon prix.

— Génial, se félicita-t-il en plongeant la main dans le sarcophage.

Malheureusement, les bras de la momie étaient croisés sur le sceau.

Rodney tira d'un coup sec. Un peu trop fort, car il perdit l'équilibre et lâcha la relique, qui alla s'écraser sur le dais où elle se brisa.

— Et zut !

Il se demanda s'il ferait mieux de s'enfuir tout de suite ou s'il pouvait quand même piquer autre chose.

Il n'avait pas encore pris sa décision quand une main desséchée le saisit à la gorge.

C'était la momie.

Elle tentait de l'étrangler.

Et elle avait ouvert ses yeux morts.

C'est impossible, songea Rodney.

Pourtant, il avait de plus en plus de mal à respirer.

Puis la momie l'attira à elle.

Rodney n'eut pas la force de crier avant que des lèvres décomposées ne se posent sur les siennes.

CHAPITRE II

Le lendemain, après les cours, Alex rejoignit Buffy qui s'entraînait avec Giles à la bibliothèque. La Tueuse était très occupée à attaquer une sorte de gros oreiller orange, tenu par son Observateur, qui rappelait ceux sur lesquels cognent les joueurs de football américain pour développer leurs capacités à mutiler les types de l'équipe adverse.

Entre deux coups de pied sautés, Buffy essayait de convaincre Giles de lui donner une soirée de repos pour assister au bal costumé organisé par le *Bronze* en l'honneur des étudiants étrangers.

— Alors, dit-elle après lui avoir expliqué en quoi ça consistait, combien ce serait amusant et avec quel nombre de cultures elle se familiariserait ainsi, je peux y aller ?

— Il n'en est pas question, répondit Giles en reculant sous l'impact d'un coup de pied tournant.

Buffy flanqua un direct dans l'oreiller.

— Et pourquoi ça ?

— Parce que tu es l'Elue, et que tu dois patrouiller au lieu de faire la fête.

Un autre coup de poing.

— Pour une fois, je préférerais être l'Oubliée, déclara Buffy, ponctuant cette remarque de deux nouveaux coups de pied.

— Je crains que ça ne soit pas une option, haleta Giles, le souffle court. Tu as beaucoup plus de responsabilités que les autres filles de ton âge, et...

— Celle-là, je la connais par cœur, coupa Buffy. « Ta mission implique des sacrifices, bla bla bla, et je suis ton Observateur et je ne te lâcherai jamais les baskets ».

Giles la foudroya du regard.

— Tu commences à bien me connaître.

Il avait le front luisant de sueur, mais Buffy continua à s'acharner sans pitié sur l'oreiller orange.

— Il va déjà être assez difficile de préserver ton identité secrète alors qu'un étudiant étranger vit avec toi pendant deux semaines, reprit Giles.

Alex leva les yeux au ciel.

— Chez elle, pas avec elle, rectifia-t-il. Suis-je le seul type assez objectif pour faire la différence ?

Il avait passé toute la journée à tenter de corriger cette interprétation erronée de la situation.

— Selon votre propre raisonnement, déclara Buffy, ignorant Alex pour se concentrer sur son Observateur, aller à la soirée comme une personne normale serait le meilleur moyen de préserver mon secret.

Coup de pied sauté, deux coups de poing.

— Tu déformes mes paroles, grogna Giles.

— Non, je les utilise juste à bon escient. (Coup de pied tournant.) Allons, soyez cool pour une fois. Personne n'aime les Anglais coincés.

Elle leva la jambe et la replia comme pour viser la tête du bibliothécaire.

— Très bien, très bien, capitula Giles en reculant et en baissant son oreiller. Tu peux y aller.

— Génial ! triompha Buffy. J'ai gagné.

— Je crois que je vais offrir une poche de glace à mon épaule, marmonna Giles entre ses dents.

Il s'éloigna vers son bureau, la jambe traînante. Alex sauta à bas du comptoir où il était perché et s'approcha de Buffy.

— Bon, puisque le problème est résolu, je passerai te chercher chez toi. J'ai réussi à emprunter la voiture de ma mère.

— Je croyais que tu emmenais Willow, fit remarquer Buffy.

— Ben, oui. Mais pas dans le sens où tu crois, la détrompa Alex. Je veux dire, elle ne sera pas ma cavalière ni rien dans le genre. Enfin, tu vois ce que je veux dire. Avec toi, on sera trois et plus en sécurité. Sans toi, on sera deux...

— Et la soirée risque de prendre des allures de rendez-vous amoureux, acquiesça gravement Buffy. Romance, fleurs...

— Baisers, ajouta Alex.

— Depuis le temps que tu connais Willow, ne me dis pas que l'idée de l'embrasser ne t'a jamais effleuré ? plaisanta Buffy.

Alex poussa un soupir. Ce sujet le mettait toujours mal à l'aise.

— Buffy, j'adore Willow... D'ailleurs, c'est ma meilleure amie. Ça en fait le genre de fille que je ne peux pas penser à embrasser. C'est clair, ce que je raconte ? Justement parce que je l'adore, il n'est pas question que je sorte avec elle...

Une voix s'éleva derrière eux.

— Coucou !

C'était Willow.

Alex paniqua. Intellectuellement, il le savait, la jeune fille comprenait son point de vue. Emotionnellement, elle refusait de l'accepter. Ça le rendait dingue ; pourtant, il ne pouvait pas faire semblant de ressentir quelque chose qu'il ne ressentait pas juste pour faire plaisir à Willow.

Peut-être qu'elle ne nous a pas entendus...

— Willow, salut ! dit-il d'une voix un peu trop forte. On était justement en train de parler de trucs agréables. Par exemple, d'aller au *Bronze* tous les trois demain soir. Ça sera marrant, non ? (Puis, remarquant l'expression de la jeune fille :) Ou peut-être pas...

— Non. Si, corrigea Willow avec un sourire forcé. (S'assombrissant de nouveau :) Non. Rodney a disparu.

Sur ces mots, Giles sortit de son bureau, une poche de glace sur l'épaule.

— M. Munson s'est encore attiré des ennuis ?

— Ses parents disent qu'il n'est pas rentré chez lui hier soir. La police le recherche.

Alex secoua la tête, soulagé que la détresse de Willow ait une autre cause que sa conversation avec Buffy.

— « La police recherche Rodney Munson. » Une phrase à laquelle nous ferions mieux de nous habituer.

Buffy fronça les sourcils.

— Tu sais, en y réfléchissant bien, je ne me souviens pas de l'avoir vu dans le bus quand nous sommes rentrés au lycée.

— Moi non plus, acquiesça Willow. J'espère qu'il ne s'est pas attiré des ennuis au musée.

Alex éclata de rire.

— Il a dû réveiller la momie, plaisanta-t-il.

Malgré elle, Willow sourit.

— Oui, et elle s'est sans doute relevée de sa tombe, ajouta-t-elle sur un ton léger.

— Pour attaquer Rodney, acheva Buffy avec enthousiasme.

Les jeunes gens se figèrent brusquement et se regardèrent, sentant monter la panique.

Deux minutes plus tard, ils sortirent du lycée, s'engouffrèrent dans la voiture de Giles et prirent la direction du musée.

Les sorties scolaires sur la Bouche de l'Enfer. On ne m'ôtera pas de la tête que c'est une très mauvaise idée, songea Alex.

Il leur fallut près de vingt minutes pour atteindre le musée. Non qu'il soit très éloigné du lycée, mais le tacot de Giles cala deux fois.

Quand ils arrivèrent, l'exposition sud-américaine était fermée au public. Par chance, Giles connaissait le conservateur – « une de ses consœurs dans l'étude ennuyeuse des choses mortes », commenta Buffy –, et elle les laissa entrer quand même.

— Selon Mlle Gilman, personne n'est venu ici depuis que nous en sommes repartis hier soir, déclara le bibliothécaire. Je doute que la présence éventuelle de M. Munson ait pu passer inaperçue.

— D'un autre côté, avança Willow, pleine d'espoir, il est peut-être juste sorti fumer une cigarette.

— Pendant vingt et une heures ? répliqua Alex, dubitatif.

— On devient vite dépendant de ce genre de choses, tu sais.

— Nous envisagerons cette possibilité quand nous aurons écarté l'hypothèse d'une malédiction, suggéra Giles.

— Un jour, soupira Buffy en se rapprochant du sarcophage, je vivrai dans un endroit où l'hypothèse d'une malédiction sera écartée d'emblée.

— Où était ce sceau ? s'enquit Giles.

— Juste ici, répondit Buffy en désignant la poitrine de la momie. Et il est cassé.

Alex se pencha pour ramasser un des plus gros fragments de l'assiette.

— Est-ce que ça signifie... que la momie s'est échappée ? demanda Willow d'une toute petite voix.

— Non, elle est toujours là, la détrompa Buffy. Aussi artistiquement décomposée qu'hier.

Giles prit le morceau de poterie des mains d'Alex.

— Regardez cette série de pictogrammes...

Avant qu'il puisse se lancer dans un de ses discours aussi ennuyeux qu'interminables, un homme muni d'une machette leur bondit dessus.

Alex ne fut même pas surpris de se faire attaquer par un colosse au visage couvert de cicatrices, vêtu d'une tunique blanche et brandissant une arme meurtrière.

C'est dire à quel point sa vie avait pris un tour inhabituel depuis l'arrivée de Buffy à Sunnydale.

L'homme brandit sa machette ; Alex se pencha et esquiva le coup. Alors, son agresseur se tourna vers Buffy tandis que Willow se réfugiait derrière Giles. La

Tueuse fit un bond sur le côté et prépara sa contre-attaque.

Puis le guerrier baissa les yeux vers la tombe et se figea. Alex profita de cette occasion pour lui sauter sur le dos et tenter de le maîtriser. D'un haussement d'épaules, le colosse se débarrassa de lui et quitta la salle en courant.

— Dites-moi que je viens de nous sauver la vie, demanda Alex avec une pointe de scepticisme.

— Quelque chose l'a fait, murmura Buffy.

— Nous nous soucierons des détails plus tard, déclara Giles. Dépêchons-nous de filer d'ici avant qu'il ne revienne.

Suivi par Alex et par Buffy, le bibliothécaire se dirigea vers la sortie. Derrière lui, il entendit la voix de Willow appeler :

— Giles, les Incas étaient-ils un peuple techniquement avancé ?

— Oui, tout à fait... Pour l'époque.

— Est-ce qu'ils avaient des orthodontistes ?

Alex rebroussa chemin vers la tombe. Baissant les yeux, il constata que la momie portait désormais un appareil dentaire.

Un appareil identique à celui de Rodney.

— Rodney avait l'air d'être mort depuis cinq cents ans. Comment est-ce possible ?

Un silence lugubre avait régné dans la voiture pendant le trajet de retour. En arrivant à la bibliothèque, Willow se décida enfin à poser la question qui hantait tous les esprits.

— Il faudrait peut-être demander ça au fou à la machette, suggéra Alex.

— Il n'avait pas l'air très causant, fit remarquer Buffy.

— Vu la façon dont il a pris ses jambes à son cou en voyant Rodney, je dirais qu'il a eu aussi peur que nous, déclara Willow.

Alex en doutait fort, mais son amie avait raison sur un point : l'homme à la machette ne s'attendait pas plus qu'eux à trouver Rodney dans le sarcophage.

Il n'arrivait pas à croire que son camarade soit mort. Il avait toujours pensé que Rodney ne ferait pas de vieux os. Mais il l'imaginait plutôt en train de périr au cours d'un hold-up qui aurait mal tourné.

Par moments, je déteste vivre à Sunnydale.

— Mes sources d'information sur ce sujet sont très limitées, avoua Giles. D'après ce que j'ai compris, cette momie venait de la région de Sebancaya, dans l'est du Pérou. Un endroit très isolé. Les réponses à nos questions sont sans doute...

— Dans le sceau ? devina Buffy.

Le bibliothécaire hocha la tête.

— Il me faudra peut-être des semaines pour traduire ces pictogrammes. Nous commencerons dès ce soir par...

— Ampata ! s'exclama soudain Buffy, les yeux écarquillés.

— J'allais plutôt dire : effectuer des recherches, corrigea sèchement Giles.

La jeune fille se dirigea vers la porte.

— Non, je suis en retard, s'affola-t-elle. J'avais promis à ma mère d'aller le chercher.

Alex n'en croyait pas ses oreilles.

— Buffy, quelle est ta priorité ? Retrouver un assassin *momifieur* ou t'offrir du bon temps avec un joli cœur dont la spécialité est sans doute de briser celui de toutes les filles ?

— Ampata est seul à la gare routière, répliqua Buffy, et je ne sais même pas s'il parle notre langue. Il vient... (Elle hésita.) ... D'Amérique du Sud. Hé, peut-être qu'il pourrait nous aider à traduire le sceau.

Alex secoua la tête.

— C'est ça ; il va te faire le coup du « laisse-moi donc traduire ces pictogrammes antiques pour toi ». Si tu savais combien de fois j'ai essayé ce stratagème...

Buffy le toisa sévèrement.

— Très bien, capitula Alex en levant les mains et en la rejoignant près de la porte. Mais on t'accompagne.

Willow cligna des yeux.

— Ah bon ?

— Comme vous voudrez, pourvu que vous vous dépêchiez, acquiesça Buffy.

Ampata Guttierez était très excité. Enfin, il était aux Etats-Unis.

Il en rêvait depuis sa plus tendre enfance. En seize années, jamais il n'était sorti du Pérou. Mais il avait lu des tas de bouquins sur des endroits merveilleux et exotiques comme Paris, Londres ou New York.

Ampata brûlait d'envie de voyager. Il voulait monter en haut de la tour Eiffel, explorer le palais de Buckingham, monter au sommet de l'empire State Building. Découvrir le monde entier.

Pour être tout à fait honnête, il était plutôt déçu par la petite ville de Sunnydale, en Californie. L'endroit manquait cruellement de paysages ou de monuments grandioses. Ce n'était qu'un amas de petites maisons qui se ressemblaient toutes. Même Los Angeles, qu'il avait survolé en avion, ne l'avait guère impressionné.

Mais il refusait de se laisser décourager. Il était aux Etats-Unis ; c'était déjà un début. Et il allait en profiter au maximum.

... A condition, bien sûr, que la fille qui était censée l'héberger consente à se montrer. Ça faisait déjà plus d'une demi-heure qu'il l'attendait.

— Ampata, chuchota une voix.

Ah, songea-t-il, satisfait. *Ça doit être elle. Mais pourquoi parle-t-elle si bas ?*

Il eut beau regarder autour de lui, il ne vit personne, à l'exception de deux clochards qui n'avaient pas bougé du mur contre lequel ils s'appuyaient depuis son arrivée.

— Ampata, chuchota de nouveau la voix.

Elle a une laryngite ou quoi ? se demanda le jeune homme.

Cette fois, il avait repéré l'origine de l'appel. Contournant le car le plus proche, il essaya de retrouver la fameuse Buffy Summers.

Dans le dépôt chichement éclairé, les véhicules projetaient des ombres massives, de sorte qu'il mit quelques secondes à repérer la silhouette qui se tenait à quelques pas de lui.

— Bonsoir, dit-il sur un ton hésitant.

Alors, elle avança vers lui et entra dans la lumière.

La créature la plus hideuse qu'Ampata ait jamais vue. On aurait dit une vieille femme toute desséchée, comme une des lépreuses dont la photo figurait dans les livres de sa mère.

Ampata voulut crier, mais la chose le saisit à la gorge, l'empêchant de respirer.

Puis son affreux visage se rapprocha pour l'embrasser.

Tandis que la vie désertait son corps, Ampata eut juste le temps de penser :

Maintenant, je ne visiterai jamais Paris.

CHAPITRE III

Alex n'avait jamais aimé la gare routière de Sunnydale. Ça n'avait rien d'étrange : bien qu'il n'ait pas effectué de sondage à proprement parler, personne ne lui avait jamais parlé de cet endroit en bien.

C'était un hangar humide et mal éclairé, garni de meubles et d'équipement qui devaient être à la pointe de la modernité quand on les avait installés, en 1953, et dont le sol était sans doute lavé à grande eau environ une fois tous les dix ans.

Selon Buffy, Ampata avait pris l'avion jusqu'à l'aéroport de LAX à Los Angeles, puis un car pour venir à Sunnydale.

Sacrée façon de découvrir notre pays : l'aéroport le plus laid du monde, suivi par la gare routière la plus sinistre, songea Alex.

— Quarante minutes de retard, marmonna Buffy. Bienvenue aux Etats-Unis.

— Et s'il était déjà parti ? demanda Willow alors qu'ils ressortaient du bâtiment sans avoir aperçu le jeune homme sur un des bancs de métal et de vinyle.

Buffy ne répondit pas.

— Ampata ! Ampata Guttierez ! appela-t-elle.

Ils slalomèrent entre les cars garés là pour la nuit, à la recherche d'un jeune Péruvien qui aurait l'air perdu.

— Faudra-t-il lui parler en espagnol ? s'inquiéta Alex. Parce que je ne sais pas dire grand-chose à part « Doritos » et « chihuahua ».

— Ampata ! insista Buffy.

— Ici, répondit une douce voix.

Une douce voix résolument féminine.

Alex pivota dans sa direction et, à sa grande surprise, découvrit une fille.

Une très jolie fille. Ses cheveux noirs ondulés cascadaient en vagues soyeuses sur ses épaules. La peau de ses joues bronzées semblait duveteuse comme celle d'une pêche, et ses yeux...

En réalité, Alex ne distinguait pas ses yeux dans la pénombre. Mais il était certain de les trouver magnifiques.

— Bonsoir, dit la jeune fille. Je suis Ampata.

— *Ay, caramba,* marmonna Alex. Je sais aussi dire ça.

— Désolée d'être en retard, s'excusa Buffy. Je suis Buffy Summers.

Elle tendit la main à Ampata. Celle-ci cligna des yeux, indécise, avant de s'en saisir pour la serrer.

— Je suis ravie de faire ta connaissance, déclara-t-elle avec chaleur.

— Moi aussi. Je ne voulais pas te faire attendre, mais nous avons perdu la notion du temps. Oh, je te présente mes amis, Alex Harris et Willow Rosenberg.

Très lentement, de crainte que la jeune fille ait du mal à le comprendre, Alex ânonna :

— Bienvenue dans notre pays.

Ampata sourit. Elle avait le sourire le plus merveilleux du monde.

— Merci.

— On devrait y aller, les pressa Willow. Après la tombée de la nuit, cet endroit se change en repère de Gens Bizarroïdes et Mal Intentionnés.

Lorsqu'ils se furent arrangés pour qu'on livre les bagages d'Ampata chez les Summers, les quatre jeunes gens s'entassèrent dans la voiture de la mère d'Alex. En un déchaînement de galanterie, celui-ci alla jusqu'à porter la valise d'Ampata et à la ranger lui-même dans le coffre.

Ils ne dirent pas grand-chose durant le trajet. Ampata semblait fascinée par les maisons. Sans quitter la route du regard, Alex se demanda dans quel genre de bâtiments vivaient les Péruviens.

Quand même pas dans des huttes, si ?

Il prit mentalement note de poser la question à Giles le lendemain.

A leur arrivée, Buffy fit faire une visite guidée de sa maison à Ampata, en commençant par le salon et en terminant dans la cuisine.

— C'est très joli, s'enthousiasma la jeune fille, qui avait dit la même chose en découvrant chacune des pièces.

— Oui, acquiesça Buffy, qui avait répondu la même chose dans chacune des pièces. Il y a une cuisinière, un micro-ondes... Maman et moi adorons les choses fonctionnelles.

— Tu veux quelque chose à boire ? demanda Alex en surveillant sa prononciation.

— Laisse-moi regarder, dit Buffy en ouvrant la porte du frigo. Je peux te proposer du lait, ou... du lait tourné. Ah, du jus de fruits, aussi.

— Je veux bien, fit Ampata en s'asseyant devant le comptoir, tandis qu'Alex se perchait sur le tabouret voisin.

— Alors comme ça... Tu es une fille, fit remarquer Willow avec son sens de l'observation coutumier.

La jeune fille eut un de ses sourires éblouissants.

— Depuis pas mal d'années, oui.

— Et pas un garçon, insista Willow. Parce ce qu'on attendait un garçon, et quand tu arrives, tu es une fille.

Alex se demanda quelle importance ça pouvait bien avoir.

— Encore une erreur administrative, je suppose, dit-il avec un geste insouciant.

Buffy tendit un verre de jus de pomme à son invitée.

— Alors, tu es déjà venue aux Etats-Unis ?

— J'ai... fait une tournée, répondit Ampata, qui semblait chercher ses mots.

— Quelles villes as-tu visitées ? s'enquit Alex.

— On m'a emmenée à Atlanta, à Boston, à New York...

Le visage de Willow s'éclaira.

— New York ? Oh, ça a dû être très excitant !

Alex ne put s'empêcher de sourire. Son amie avait toujours rêvé de New York.

— Je n'ai pas eu l'occasion de voir grand-chose, avoua Ampata.

— Oh, soupira Willow, déçue.

— Tu parles très bien notre langue, déclara Alex.

De nouveau, la jeune Péruvienne sourit.

— J'écoute beaucoup.

— Ça tombe bien, parce que moi, je parle beaucoup.

Alex et Ampata éclatèrent de rire.

Il fallut pratiquement une intervention divine pour convaincre Alex de rentrer chez lui. Finalement, Willow réussit à l'entraîner, avec l'approbation de Joyce Summers qui venait de rentrer de la galerie et se disait impatiente d'aller se coucher.

Mais la fatigue ne l'empêcha pas de déborder d'idées : puisque Ampata était une fille, elle pouvait partager la chambre de Buffy au lieu de dormir sur le canapé du salon. Elle aida même les deux adolescentes à monter un lit de camp à l'étage et à y mettre des couvertures.

Buffy n'était pas ravie par la tournure que prenaient les événements. D'abord, sa chambre était tellement encombrée qu'il restait à peine la place de circuler. Ensuite, la présence d'Ampata la gênerait dans ses activités de Tueuse pendant les deux prochaines semaines, surtout si elles devaient dormir ensemble.

Et c'était sans parler des visites nocturnes régulières d'Angel...

Tant pis. Personne n'a dit que la vie était juste, philosopha Buffy. *Sinon, je n'aurais pas à me demander en quoi une invitée va m'empêcher de chasser les vampires, parce que je ne connaîtrais pas leur existence.*

— Désolée que ma chambre soit aussi petite, dit la jeune fille en contemplant le peu d'espace libre au sol.

— La mienne l'était bien davantage encore, la rassura Ampata.

— A quoi ressemblait-elle ?

— A un endroit minuscule, ennuyeux et extrêmement mort.

Buffy sourit.

— Tu ne vas pas être beaucoup dépaysée à Sunnydale.

— Oh, si ! Vous avez tant de choses ici !

Jusque-là, la jeune fille avait répondu par des phrases très courtes, et Buffy avait songé que la barrière de la langue la gênait peut-être...

Mais soudain, elle défendait avec véhémence leur style de vie à Sunnydale.

La seule chose que nous ayons en quantité ici, ce sont les morts-vivants, brûlait de répondre Buffy.

Ampata se dirigea vers le bureau où était posé un cadre de bois. A l'intérieur, Alex, Willow et la Tueuse souriaient sur une photo prise par la mère de la jeune fille l'année précédente.

— Tu dois bien avoir des amis ! lança Buffy.

— Ils sont tous...

Ampata hésita.

Est-ce qu'elle cherche ses mots, ou est-ce qu'elle ne veut pas m'en dire plus ? s'interrogea Buffy.

Puis elle se morigéna :

Tu es trop soupçonneuse. Tous les gens ne sont pas des démons déguisés, attendant l'occasion de détruire l'humanité. Ce n'est qu'une adolescente d'un autre pays.

— Je suis toute seule, déclara enfin Ampata.

Une adolescente solitaire d'un autre pays, rectifia Buffy.

Elle reconnaissait l'émotion dans la voix de son invitée. Après qu'elle avait dû incendier le gymnase du lycée Hemery, à Los Angeles, et qu'elle s'était fait renvoyer, tous ses soi-disant amis lui avaient tourné le dos. Ce souvenir lui faisait encore mal deux ans après.

— Je sais de quoi tu parles, dit-elle avec chaleur. Mais tu vas rencontrer beaucoup de gens ici.

— Merci, dit Ampata en s'installant dans le lit de camp. Il faut que tu me fasses tout découvrir de ton existence. Je veux m'intégrer, Buffy. Et mener une vie normale, comme la tienne.

Tu n'as pas idée de ce que tu me demandes, songea la Tueuse.

Mais elle se contenta de répondre :

— Et une vie normale, une !

CHAPITRE IV

Oz n'était pas exactement énervé. Il s'énervait rarement, parce que ça réclamait davantage d'énergie qu'il n'était prêt à en dépenser. Mais s'il avait consenti à dépenser l'énergie en question, il l'aurait fait en ce moment même au détriment de Devon.

Les deux garçons étaient en train de charger leur matériel à bord de la camionnette d'Oz, afin de l'emporter au *Bronze* où ils devaient jouer lors du bal célébrant l'échange culturel. Et au lieu de lui filer un coup de main, le chanteur était en train de discuter avec sa petite amie.

Si Oz s'était énervé, ça aurait sans doute été parce qu'il n'avait pas de petite amie pour le distraire. De toute façon, comme tous les chanteurs, Devon se jugeait au-dessus des tâches bassement matérielles.

Sans compter qu'il était difficile d'ignorer une fille comme Cordélia Chase quand elle avait décidé de vous parler. C'était comme tenter de snober une tornade...

Une tornade en minijupe et talons aiguilles.

Mais les Dingoes Ate My Baby n'avaient pas tous les jours l'occasion de jouer lors d'un événement aussi important que ce bal ; Oz trouvait que Devon aurait pu faire un effort.

— Je t'ai dit que je serai à la soirée au *Bronze*, expliquait Cordélia, mais ne me prends surtout pas pour une de tes groupies. Pas question que je me plante devant la scène pour te contempler avec des yeux de merlan frit.

— Compris, acquiesça Devon.

— On se voit quand vous aurez fini de jouer ?

— Pas de problème. Où est-ce qu'on se retrouve ?

— Oh, je serai juste devant la scène.

Oz envisagea d'éclater de rire, puis songea que ç'aurait été cruel.

Devon, à qui l'ironie de cette conversation avait totalement échappé, tendit un doigt vers le colosse blond qui se tenait près de l'escalier.

— Qui est ce type ?

Cordélia se tourna vers la réincarnation de Thor.

— Sven, *momento. Nida* !

Elle reporta son attention sur Devon.

— Cette histoire d'échange culturel, c'est un vrai cauchemar. Ces étrangers ne parlent même pas notre langue!

Elle embrassa Devon sur la joue.

— Bon, on se voit plus tard. Allez, Sven, au pied.

Le jeune Suédois lui emboîta le pas tandis que Devon rejoignait Oz.

— Alors, qu'est-ce que tu en penses ?

— De quoi ?

— De Cordélia, bien sûr.

Oz passa en revue différentes réponses, jugea qu'aucune d'entre elles ne lui permettrait de rester en bons termes avec le chanteur de son groupe, et opta pour un innocent :

— C'est un sacré morceau.

— Un beau brin de fille, admets-le.

— Si ça peut te faire plaisir...

— Laisse-moi deviner : ce n'est pas ton style. Qu'est-ce qu'une nana doit faire pour t'impressionner ?

Pensant qu'une réponse sincère passerait au-dessus de la tête de son camarade, Oz répondit :

— Porter un boa en plumes et danser sur le thème de *Summer Place*. Je ne peux pas t'en dire plus.

Devon secoua la tête.

— T'es trop difficile, mon pote. En tant que guitariste, tu pourrais avoir des tas de filles si tu voulais.

— Je ne suis pas difficile, protesta Oz. C'est toi qui es prêt à sortir avec n'importe quelle grenouille sachant marcher et parler.

— Oh, elle n'a pas besoin de parler, corrigea innocemment Devon.

Oz leva les yeux au ciel.

Comme presque chaque matin, Willow avait retrouvé Alex pour faire avec lui le trajet jusqu'au lycée. En chemin, ils avaient évoqué le bal.

A plusieurs reprises, la jeune fille avait voulu soulever l'idée qu'ils y aillent ensemble, juste pour voir la réaction d'Alex. Mais elle s'était abstenue.

Son ami ne s'était pas aperçu qu'elle avait entendu toute sa conversation de la veille avec Buffy. Elle devait admettre, même à contrecœur, que c'était sans doute mieux ainsi.

— Je me suis donné beaucoup de mal pour mon costume, annonça-t-elle. Il va être extra.

— Moi, je ne sais toujours pas en quoi je vais me déguiser. Il faut que je réfléchisse, avoua Alex.

Ça, c'est typique de lui, songea Willow. *Si quelqu'un fondait au lycée un Club des Procrastinateurs, il serait capable de se demander s'il doit s'inscrire.*

— C'est une célébration de la diversité culturelle, fit-elle remarquer. Ça t'ouvre des tas de perspectives amusantes.

— Tu veux dire, ça ouvre des tas de perspectives amusantes aux gens qui n'attendent que ça pour se moquer de moi, répliqua le jeune homme.

Willow réfléchit. Elle s'imagina Alex en costume bavarois traditionnel avec une chemise à jabot, un petit chapeau à plumes et des bas blancs. Cette vision lui plaisait beaucoup, surtout si elle se concentrait sur ses jambes.

— Ça ne te dirait pas de te déguiser en Bavarois ? suggéra-t-elle.

— Pas question que je porte une chemise à jabot, protesta Alex. Ni un ridicule chapeau à plumes, et encore moins des bas blancs : ils me font de gros mollets.

Willow poussa un soupir.

— Pourquoi t'inquiètes-tu soudain d'avoir l'air d'un idiot ? D'habitude, tu t'en fiches. (Elle marqua une pause.) Ça n'est pas ce que je voulais dire.

Mais Alex ne l'écoutait plus. Il s'était arrêté et fixait quelque chose. Au fond de son cœur, Willow devinait ce que c'était ; pourtant, elle se tourna dans la même direction.

Comme elle s'y attendait, Ampata et Buffy venaient d'entrer dans leur champ de vision.

Willow avait l'habitude qu'Alex soupire après la Tueuse. Mais il ne semblait avoir d'yeux que pour la jeune Péruvienne. Les regarder flirter la veille avait été presque embarrassant.

De nouveau, Willow soupira.

— Ton premier jour de lycée, dit Buffy. Pas trop nerveuse ?

Ampata avait l'air hébété.

— Ça faisait longtemps que je n'avais pas vu autant de gens à la fois, avoua-t-elle.

— Ne t'inquiète pas. Tu n'auras aucun problème à te faire des amis. Je connais déjà quelqu'un qui meurt d'envie de te rencontrer.

Buffy repéra Alex et Willow qui approchaient. Les deux jeunes filles s'arrêtèrent pour les saluer. Ce fut tout juste si Alex dit bonjour à Buffy ; la Tueuse ne sut pas si elle devait se sentir soulagée ou insultée qu'il dévore Ampata du regard avec autant d'insistance.

Elle remarqua l'expression triste de Willow et compatit avec son amie. Pour la distraire, elle lui posa une question sur leur dernière leçon de chimie.

Pendant qu'elle feignait de se passionner pour les atomes de carbone, Alex bombarda Ampata de questions afin de savoir si elle avait bien dormi.

Ils passèrent par la salle d'étude, où attendaient déjà une demi-douzaine d'autres étudiants étrangers, puis allèrent à leur premier cours de la journée.

Ampata observait les gens et les choses avec une fascination non dissimulée. Tout semblait l'étonner et la ravir. Elle n'eut pas de mal à charmer les professeurs, qui se montrèrent très aimables avec elle.

Buffy, Willow et Alex avaient un trou dans leur emploi du temps en fin de matinée. D'habitude, ils en profitaient pour aller à la bibliothèque et faire le point avec Giles.

Buffy expliqua à Ampata qu'ils allaient retrouver l'homme qui mourait d'envie de la rencontrer ; la jeune Péruvienne lui jeta un regard étrange.

Quand ils arrivèrent, Giles était justement en train d'examiner le plus gros fragment du sceau.

— Ampata, dit Buffy, je te présente M. Giles, le bibliothécaire du lycée.

— Bonjour, fit Ampata.

— Comment allez-vous ? demanda Giles en lui serrant la main. (Puis, sans reprendre son souffle, il lui tendit le morceau d'assiette et enchaîna :) Je me demandais si vous seriez capable de traduire ça ?

Buffy cligna des yeux.

— Ça, c'était direct, lâcha-t-elle.

Ampata baissa les yeux sur le sceau et sursauta. Buffy s'attendait à ce qu'elle soit un peu embarrassée ou choquée par le manque de tact de Giles, mais autre chose semblait la préoccuper.

— Qu'est-ce qui ne va pas ? s'enquit-elle.

Ampata secoua la tête.

— Rien, c'est juste que... Pourquoi me demander ça ?

— Parce que c'est un artefact de votre région, expliqua Giles. Il vient de la tombe d'une ancienne momie inca. Nous essayons de le traduire dans le cadre d'un projet pour, euh...

Il s'interrompit.

— Notre club d'archéologie, compléta très vite Willow.

— Bonne idée, approuva tout bas Giles.

— Le sceau est cassé, fit remarquer Ampata. Où sont les autres morceaux ?

— C'est le seul que nous ayons trouvé, expliqua Buffy.

Ce n'était pas entièrement vrai, mais les autres étaient trop petits pour qu'on puisse y déchiffrer quoi que ce soit.

— C'est un objet très ancien. Très précieux, précisa Ampata. (Elle réfléchit quelques instants, puis ajouta :) Vous devriez le cacher.

— Y a-t-il des symboles que vous connaissiez ? interrogea Giles. Cet homme avec le couteau, par exemple ?

— Je n'en suis pas certaine, mais il me semble que ça représente... Je crois que le mot est « garde du corps », déclara Ampata.

Le bibliothécaire hocha la tête.

— Un garde du corps... Très intéressant.

— Selon la légende, reprit Ampata, il protège la momie contre ceux qui voudraient la déranger dans son sommeil.

— En les découpant en morceaux ? suggéra Buffy.

— Je l'ignore.

Giles reposa le fragment sur la table.

— C'est déjà un bon point de départ pour notre... club.

Il fixa Buffy, qui mit quelques secondes à comprendre le message.

— Oui, et, euh... En tant que présidente de ce club, j'ai des tas de choses à faire. Des tas de choses ennuyeuses, précisa-t-elle. (Elle jeta un coup d'œil à Willow.) Will, tu pourrais peut-être...

— M'occuper d'Ampata pendant le reste de la journée ? coupa Alex, à qui on n'avait rien demandé.

Il tendit son bras à la jeune Péruvienne.

— J'adorerais ça.

Ampata sourit.

— Oui, ce sera amusant.

Ils s'éloignèrent.

— Bien, reprit Giles après un silence embarrassé. Je vais continuer ma traduction. Buffy, tu fais des recherches sur cette histoire de garde du corps. Et Willow... Willow ?

Buffy vit que son amie fixait toujours la porte par où Alex et Ampata venaient de sortir.

— Ils ont l'air de vraiment se plaire, constata-t-elle d'une voix qui serra le cœur de Buffy.

Alex n'avait encore jamais rien vécu de semblable à cette journée.

D'accord, il avait déjà soupiré après des tas de femmes, depuis sa maîtresse du cours élémentaire jusqu'à Buffy en passant par Mlle French, la remplaçante de leur professeur de biologie qui s'était révélée être une mante religieuse géante.

Mais c'était la première fois qu'une attirance semblait réciproque, la première fois qu'une fille ne le rabrouait pas et prenait un plaisir visible à sa compagnie. La première fois qu'il pouvait faire le joli cœur pendant plus de sept secondes et demie avant que l'objet de ses attentions ne lui éclate de rire au nez.

Ampata riait quand même, mais *avec lui* plutôt que *de* lui. Cette nouveauté lui faisait tourner la tête.

La jeune fille l'accompagna à ses autres cours de la journée. Le midi, elle mangea avec lui à la cafétéria et, à sa grande surprise, déclara même que la nourriture était excellente.

A la fin de la journée, Alex lui fit faire une visite guidée du lycée qui se termina au bord du terrain de football. Les Razorbacks avaient un match à l'extérieur ce jour-là ; aussi les gradins étaient-ils vides à l'exception d'une bannière d'encouragement.

Tandis qu'ils s'asseyaient tout en haut, Alex plongea la main dans son sac à dos. Il voulait montrer à Ampata que la nourriture américaine n'était pas toujours aussi désastreuse que les plats de la cafétéria, bien que la jeune fille ait semblé les apprécier.

— Cet objet, dit-il sur un ton théâtral en brandissant un Twinkie, s'appelle un snack.

— Un snack, répéta Ampata, obéissante.

— C'est un délicieux petit gâteau moelleux, rempli d'une divine substance blanche et crémeuse. Et voici comment on le mange.

Effectuant une manœuvre qui, en dix ans, n'avait jamais manqué de faire frémir Willow, Alex se fourra le Twinkie entier dans la bouche.

Ampata ne frémit pas, elle éclata de rire.

— Maintenant, je ne peux plus essayer, fit-elle remarquer avec une adorable moue.

Levant l'index gauche, Alex replongea sa main droite dans son sac à dos.

— C'est pour ça que j'en ai toujours deux sur moi, déclara-t-il, ses paroles à peine compréhensibles à cause de la divine substance blanche et crémeuse qui lui remplissait la bouche.

Il brandit un autre Twinkie d'un air triomphant et le donna à Ampata. La jeune fille l'observa avec tout le respect qui était dû à cette icône culturelle.

— C'est parti, dit-elle joyeusement.

Et elle aussi se fourra le gâteau entier dans la bouche. Puis elle éclata de rire et faillit en recracher la moitié.

— C'est bon, hein ? se réjouit Alex. Et le plus excitant, c'est qu'il n'y a dedans aucun ingrédient dont un humain puisse prononcer le nom. Ça ne te laisse pas de déplaisante sensation de lourdeur sur l'estomac comme de la vraie nourriture.

Ampata, qui avait réussi à avaler le reste de son Twinkie, lui adressa un sourire rayonnant.

— Tu es bizarre, déclara-t-elle.

— Les filles affirment toujours ça avant de prendre leurs jambes à leur cou, avoua Alex.

— Moi, ça me plaît.

Et elle avait l'air sincère.

Personne ne m'a jamais dit ça, songea Alex, fou de bonheur.

— Ça me plaît que ça te plaise. (Il réfléchit et ajouta :) Ne te fie pas trop à ma façon de parler.

De nouveau, Ampata éclata de rire avec lui.

Je pourrais facilement m'y habituer...

Et de nouveau, ils furent attaqués par le type en tunique blanche avec la machette.

— Vous avez volé le sceau ! gronda-t-il. Qu'en avez-vous fait ?

De surprise, Alex se cassa la figure et tomba sur le dos entre deux rangées de gradins.

Leur agresseur bondit sur lui et se prépara à abattre son arme. Mû par un instinct de survie qu'avaient affûté deux années de bons et loyaux services aux côtés de la Tueuse, Alex lui saisit l'avant-bras pour bloquer le coup.

Il fut étonné que ça marche. Mais l'homme était beaucoup plus fort que lui ; il n'arriverait pas à le retenir plus de quelques secondes.

Ampata poussa un cri de détresse.

Alors, le garde du corps – si c'était vraiment lui – la regarda pour la première fois et écarquilla les yeux.

— Toi ! balbutia-t-il.

Alex profita de sa surprise pour lui décocher un coup de pied dans le ventre.

Tandis que le colosse dégringolait entre les gradins, le jeune homme se releva d'un bond, empoigna son sac à dos d'une main et le bras d'Ampata de l'autre.

— Fichons le camp d'ici, dit-il en l'entraînant vers le bâtiment principal.

CHAPITRE V

Buffy était très occupée à examiner les illustrations dans un des livres de Giles. Munie d'une loupe grossissante, elle observait les détails avec l'espoir de trouver quelque chose de similaire aux pictogrammes du sceau.

Elle avait passé toute son heure libre à ne trouver absolument rien. Puis Willow et elle étaient revenues à la bibliothèque pendant la pause-déjeuner, après avoir mangé en catastrophe, pour ne trouver... rien de plus.

Les deux jeunes filles en étaient à leur troisième heure de découverte zéro. A des moments comme celui-là, Buffy respectait vraiment Giles. Il faisait ce genre de choses tout le temps, et même s'il avait l'air d'y prendre plus de plaisir qu'elle, ça devait être très frustrant pour lui.

Feuilleter des centaines et des centaines de pages à la recherche d'un indice qui se dérobait sans cesse ne pouvait remonter le moral de personne, fût-il un rat de bibliothèque.

Buffy décida qu'elle préférait sa mission de Tueuse à celle de son Observateur : trouver sa proie, détruire sa proie. Simple, direct et efficace.

Quelque chose attira enfin son attention.

— Ha ! s'écria-t-elle, triomphante. (Puis, se penchant pour observer de plus près :) Ou peut-être « ha ».

Elle fit pivoter son livre pour le présenter à Willow, qui était assise en face d'elle.

— Tu penses que ça correspond ?

Son amie ne répondit pas. Elle fixait un point invisible devant elle, tout en torturant un animal en peluche.

Encore ! songea Buffy.

Willow était dans cet état depuis qu'Alex et Ampata étaient partis ensemble le matin.

— Ici la Terre, appela Buffy.

Willow sursauta.

— Oh. Oui, oui, je cherche des renseignements sur les momies, balbutia-t-elle.

Le cœur de Buffy se serra.

— Ampata ne reste que deux semaines, fit-elle remarquer doucement.

— Je sais, répondit amèrement Willow. Et après, Alex trouvera quelqu'un d'autre qui ne sera pas moi pour fantasmer dessus. Avec toi, au moins, je savais qu'il n'avait aucune chance.

Buffy se mordit la lèvre. Elle avait eu du mal à refuser l'invitation d'Alex au bal de promo de l'année précédente, et à repousser ses autres avances. Mais elle n'éprouvait pas ce genre de sentiment pour lui.

J'ai exactement la même réaction que lui vis-à-vis de Willow, réalisa-t-elle. *Tu parles d'un triangle amoureux !*

Tandis que Giles s'approchait pour jeter un coup d'œil au livre de Buffy, Willow s'efforça de prendre un air brave.

— En fait, j'ai le choix : je peux passer ma vie à attendre qu'Alex sorte avec toutes les autres filles du monde avant de finir par me remarquer, ou l'oublier et passer à autre chose.

Buffy sourit. Depuis des mois, elle attendait que Willow ait ce genre de réaction.

— Bien parlé, la félicita-t-elle.

Les épaules de son amie s'affaissèrent.

— Je n'ai pas dit que j'avais déjà pris ma décision.

Buffy soupira. Elle allait se lancer dans un petit discours d'encouragement quand Giles s'exclama :

— Dieu du ciel !

Il baissa les yeux vers Buffy.

— Bon travail.

Plaisamment surprise, la jeune fille cligna des paupières.

— Qui, moi ?

— Oui. Tu as découvert quelque chose de très intéressant.

Giles désigna une image qui, comme elle l'avait supposé, était une reproduction plus détaillée d'un des pictogrammes du sceau.

— Il semble que l'assassin de Rodney pourrait être la momie.

Willow se pencha en avant pour mieux voir.

— Où est-ce marqué ?

Giles tourna à nouveau le livre vers elle.

— Ici. Le texte dit que la momie est capable d'aspirer les forces vitales d'un être humain. N'est-ce pas extraordinaire ?

Buffy se laissa retomber dans sa chaise.

— Il ne nous reste plus qu'à l'arrêter. Deux questions : petit a, comment allons-nous la retrouver ; petit b, comment allons-nous la neutraliser ?

Giles se redressa.

— La réponse est quelque part dans ces livres... Ou dans le reste du sceau.

Avant que Buffy puisse grimacer à la perspective de continuer leurs recherches, Alex et Ampata firent irruption dans la bibliothèque. Tous deux étaient hors d'haleine.

— Le type à la machette est revenu, annonça Alex, le souffle court. Et il a l'air très en colère.

Le jeune homme semblait à peu près remis de ses émotions, mais Ampata avait l'air abattu.

Alex expliqua ce qui leur était arrivé au stade. Pendant ce temps, Giles leur prépara du thé.

Je voudrais bien savoir pourquoi tous les Anglais pensent que c'est la panacée, songea Buffy.

Quand le breuvage fut prêt, Giles en tendit une chope fumante à Ampata.

— Tenez.

— Pourquoi ce type nous en veut-il ? demanda Willow.

Alex haussa les épaules.

— Il a prétendu qu'on avait volé le sceau.

— Apparemment, dit Giles en reprenant le morceau d'assiette, cette chose est plus populaire que nous ne le pensions. Je ne sais pas ce que nous devrions en faire.

— Détruisez-le, supplia Ampata, qui n'avait pas pipé mot depuis son arrivée. Si vous ne le faites pas, quelqu'un risque de mourir.

— Je crains que ça ne soit déjà fait, marmonna Giles.

Une alarme résonna dans la tête de Buffy, mais Ampata se contenta de demander :

— Vous voulez dire que l'homme au couteau a fait une victime ?

— Non, répondit Buffy. Enfin, pas exactement.

— Tu ne me racontes pas tout, fit Ampata sur un ton accusateur.

Une fois de plus, Buffy songea qu'elle n'avait pas idée de ce dont elle parlait.

Avant que les autres puissent inventer une explication, Alex prit les mains d'Ampata dans les siennes et déclara :

— Tu as raison. Il est temps que nous soyons honnêtes avec toi. En fait, nous n'appartenons pas au Club d'Archéologie mais...

L'alarme hurla plus fort dans la tête de Buffy, tandis que Giles passait un index sur sa gorge. La Tueuse n'arrivait pas à croire qu'Alex soit assez stupide pour tout raconter à Ampata.

— Mais au Club du Crime, poursuivit Alex, imperturbable.

Buffy poussa un soupir de soulagement.

— C'est un peu comme le Club d'Echecs, mais sans les échecs et avec plus de crimes.

— Comprenez-moi, dit Ampata, tendue, en se relevant. Ce sceau a failli provoquer notre mort. Il doit être détruit !

Sur ces mots, elle se détourna et sortit en courant de la bibliothèque.

— Ampata ! s'exclama Alex en se lançant à sa poursuite.

Willow leur emboîta le pas.

Et le triangle amoureux continue son petit bonhomme de chemin, songea Buffy avant de réaliser qu'en général, les triangles n'avaient pas de moyen de déplacement.

Willow sortit de la bibliothèque au moment où Alex retrouva Ampata appuyée contre le mur du couloir, désert à cette heure-ci.

Très peu d'étudiants restaient dans l'établissement après les cours, à l'exception des sportifs. Or, comme les footballeurs étaient en déplacement, les seules personnes qui hantaient encore le lycée étaient en salle de retenue.

— Ampata, écoute-moi, disait Alex. Personne ne te fera du mal. Je te protégerai.

— Votre enquête est dangereuse, répondit la jeune fille. (Willow remarqua qu'elle avait les larmes aux yeux.) Je ne veux pas être mêlée à ça. Je désire mener une vie normale.

Elle se détourna et se dirigea vers la fontaine à eau.

— Elle va bien ? s'inquiéta Willow en rejoignant Alex.

— Elle a l'air secoué, répondit le jeune homme. J'essaye de la convaincre que nos vies ne sont pas en danger du simple fait qu'on habite à Sunnydale, mais bizarrement, ça sonne un peu faux.

Willow aurait préféré s'arracher le cœur que de prononcer les mots qui suivirent, mais elle savait que c'était la chose la plus digne à faire.

— Tu devrais l'inviter au bal.

Alex lui jeta un regard surpris.

— C'est une bonne idée. Nous irons tous ensemble.

— Non, je veux dire... juste vous deux. Demande-lui de sortir avec toi, rectifia Willow.

— Mais tu te faisais une telle joie d'y aller, protesta le jeune homme. Et tu avais préparé ton costume...

— On se retrouvera là-bas.

Alex hésita quelques instants. Puis un large sourire fendit son visage.

— Tu sais quoi, Willow ? Tu es vraiment ma meilleure amie.

Cela dit, il se dirigea vers Ampata.

Willow attendit qu'il se soit éloigné, puis murmura :

— Je sais.

Après qu'Ampata, Alex et Willow furent sortis à la queue leu leu de la bibliothèque, Giles reporta son attention sur le sceau.

Il était heureux de rester en tête-à-tête avec Buffy, qui semblait la seule à ne pas s'impliquer dans le bizarre rituel de séduction qui se déroulait entre les trois autres.

Les histoires d'hormones donnaient la migraine à Giles, surtout celles des adolescents. Il avait pensé que sa propre relation avec Jenny Calendar – une relation qui s'annonçait très prometteuse – le rendrait un peu plus tolérant sur ce point, mais il avait toujours autant de mal à comprendre que les triangles amoureux soient devenus la spécialité de la Tueuse et de ses amis.

— Je ne comprends pas, déclara Buffy au bout d'un moment. Pourquoi le garde du corps se met-il dans un état pareil pour un bout de poterie cassée ?

— Peut-être qu'il veut rassembler les morceaux et reconstituer le sceau, avança Giles.

— A supposer qu'il détienne les autres. Nous ne les avons pas vus au musée, lui rappela Buffy.

Giles réfléchit. Ils avaient quitté la salle de l'exposition si précipitamment...

— Si ce n'est pas le cas, ils sont toujours là-bas.

— Alors, il faut y retourner pour les récupérer. De toute façon, le type à la machette finira certainement par se pointer.

Giles hocha la tête d'un air résolu.

— Et avec un peu de chance, nous serons prêts à l'accueillir.

Buffy n'avait pas vraiment eu l'occasion de se battre contre le garde du corps, mais Giles aurait parié qu'elle s'en tirerait avec les honneurs.

— Vous voyez ? dit la jeune fille. On a trouvé un plan. Un bon plan.

— Exact. On se retrouve au musée ce soir après la fermeture, ordonna Giles.

Le sourire de Buffy s'effaça.

— Non, mauvais plan ! J'ai d'autres projets. Des plans de sortie en boîte.

Giles la fixa avec le regard qu'il avait passé des années à mettre au point, mais qui fonctionnait rarement avec sa Tueuse.

Buffy se renfonça dans sa chaise, l'air boudeur.

— Des plans annulés, soupira-t-elle.

Giles s'autorisa une grimace de triomphe.

La princesse avait réussi à se calmer, surtout grâce à la présence de son cher Alexandre. Avec lui, elle se sentait presque en sécurité.

Presque.

Mais la peur du Gardien et du sceau lui-même la tenaillait encore. Elle savait qu'elle n'aurait aucun espoir de mener la vie normale à laquelle elle aspirait désespérément tant qu'il resterait une possibilité de reconstituer le sceau.

Elle devait faire tout ce qui serait en son possible pour que ça marche, cette fois. Ce pays et cette époque étaient tellement plus glorieux que son Pérou natal distant de quelques milliers de kilomètres et de près de cinq siècles. Elle pourrait avoir un avenir ici.

Et si Sebancaya l'y aidait, elle le partagerait avec Alex.

— D'accord, dit le jeune homme tandis qu'ils traversaient le couloir. J'ai quelque chose à te dire, et c'est un secret. Un secret un peu effrayant.

La princesse lui jeta un regard inquiet.

— Je t'aime beaucoup, déclara Alex.

Elle dut se retenir d'éclater de rire, parce que ça aurait eu l'air cruel. Mais après tout ce qui s'était passé, elle s'attendait à ce que le mot « effrayant » désigne quelque chose d'autre.

— Et j'aimerais que tu sois ma cavalière pour le bal, ajouta Alex.

La princesse sourit. Toute la journée, elle avait attendu qu'il le lui propose.

— En quoi était-il si terrible de me le demander ?

— Parce que je ne pouvais pas savoir si tu dirais oui, ou si tu me rirais au nez avant d'arracher mon cœur encore palpitant pour le piétiner avec tes talons aiguilles, avoua Alex.

De leurs conversations précédentes, la princesse avait retenu qu'Alex avait été particulièrement malchanceux en amour jusque-là. Et elle avait du mal à y croire.

— Dans ce cas, tu es très courageux, dit-elle avec une admiration feinte. Puis-je te confier un autre secret ?

Alex hocha la tête.

— Moi aussi, je t'aime beaucoup, avoua la princesse.

— Vraiment ?

Alex avait l'air presque choqué.

— Vraiment, dit-elle sur un ton rassurant.

— C'est super ! Vraiment ?

La princesse éclata de rire et répéta :

— Vraiment.

— C'est super ! Euh... Tu ne serais pas une mante religieuse, pas hasard ? s'inquiéta Alex.

La princesse cligna des yeux. Ce n'était pas le genre de réponse qu'elle attendait.

— Désolé, marmonna Alex. Je pensais à quelqu'un d'autre.

Encore une de ces références obscures qui émaillaient la conversation du jeune homme... Sans y prêter attention, la princesse lui fit un sourire charmeur.

— Je reviens, promit-elle en apercevant sa destination.

— Où vas-tu ? paniqua Alex.

— Là où tu ne peux pas me suivre, grogna la princesse.

Puis elle éclata de rire et poussa la porte des toilettes des filles.

— Je t'attends dehors, déclara Alex.

Quand elle eut terminé, la princesse se planta devant un miroir pour se recoiffer. Admirant son reflet dans la glace, elle sourit. Elle avait l'air heureux.

Il est bon que nos sentiments se lisent sur notre visage.

Puis elle fronça les sourcils. Sa peau n'était-elle pas un peu plus pâle qu'une heure auparavant ?

Non, songea-t-elle.

Les deux vies qu'elle avait prises auraient dû la nourrir plus longtemps. Baissant les yeux vers ses mains, elle vit que celles-ci commençaient à se rider.

Non ! Ce n'est pas juste !

Elle ne voulait tuer personne, mais elle ne pouvait pas retourner à cette existence infernale, prisonnière de son sarcophage. Elle voulait vivre.

Levant les yeux vers son reflet, elle aperçut le Gardien qui se tenait derrière elle. Elle fit volte-face et s'adressa à lui dans un langage très ancien.

— Je t'en supplie, ne me tue pas.

— Tu es déjà morte. Depuis cinq cents ans, répondit le garde du corps dans la même langue.

— Mais c'était si injuste ! J'étais innocente !

— Comme les gens que tu tues maintenant pour continuer à vivre.

La princesse frémit.

— S'il te plaît... Je suis amoureuse.

Elle fut la première surprise par cet aveu, mais les mots avaient à peine franchi ses lèvres quand elle comprit qu'ils étaient vrais. Elle aimait Alexandre Harris.

Toute sa vie, elle avait été traitée avec le respect dû aux icônes religieuses. Pas comme un être humain, mais comme un futur sacrifice.

Alex était le premier qui se comportait avec elle comme si elle était normale, et elle lui en serait toujours reconnaissante.

Le Gardien se rapprocha.

— Tu es l'Elue. Tu dois mourir. Tu n'as pas le choix.

Baissant les yeux, la princesse vit que ses mains étaient de plus en plus ridées. Elle allait bientôt devoir se nourrir...

Pourquoi ne pas résoudre deux problèmes à la fois ? songea-t-elle, prise d'une inspiration.

Le Gardien leva le bras droit, brandissant une dague sacrificielle. Mais tandis qu'il s'apprêtait à l'abattre sur elle, la princesse lui saisit le poignet et le tordit dans son dos.

Puis elle lui prit le menton avec sa main libre.

— Si, dit-elle résolument.

Elle l'embrassa et sentit la vie du Gardien lui échapper pour couler en elle.

Quelques secondes plus tard, c'était terminé.

Le Gardien est une créature mythique, songea la princesse pour se réconforter. *Ses forces vitales devraient me soutenir longtemps.*

Au moins l'espérait-elle.

Après avoir fourré le cadavre momifié dans une des cabines, elle sortit des toilettes et retrouva Alex assis sur un banc. A sa vue, le jeune homme se leva.

— J'ai réfléchi, annonça la princesse. Je t'accompagnerai volontiers au bal.

Alex eut un large sourire. Il lui prit la main, et ils s'éloignèrent ensemble dans le couloir.

Maintenant, je peux enfin être heureuse.

CHAPITRE VI

Ampata sortit de la salle de bains et entra dans la chambre.

— Buffy, je n'arrive pas à trouver de rouge à lèvres, se plaignit-elle.

Buffy leva les yeux. Avec son costume péruvien, Ampata ressemblait à une princesse inca. La seule chose qui manquait encore était une touche de rouge à lèvres.

— Tu peux emprunter un des miens, dit-elle. Regarde sur le bureau.

Ampata avisa les malles entassées sur le sol et fronça les sourcils.

— Qu'est-ce que c'est ?

— La gare routière a fait expédier le reste de tes bagages.

— Ah oui, bien sûr. J'avais oublié. Je les déferai plus tard.

— Pas de problème, assura Buffy. Je peux m'en occuper.

Ampata étudia la jeune fille, qui portait toujours un T-shirt et un bas de jogging.

— Mais tu dois te préparer pour le bal.

Merci de me le rappeler, songea amèrement Buffy.

Mais elle se retint de le dire à voix haute. Après tout, ce n'était pas la faute d'Ampata si son Observateur était un type mesquin incapable d'apprécier les meilleures choses de la vie, comme les soirées dansantes au *Bronze*.

— Je n'y vais pas, soupira-t-elle.

Ampata eut l'air stupéfait.

— Pourquoi ?

— J'ai du travail à faire pour le Club du Crime. Rien dont tu doives t'inquiéter, la rassura Buffy.

Ampata sourit.

— Je ne m'inquiète pas, grâce à Alex.

— Il semble très heureux en ta compagnie, acquiesça Buffy.

— Moi aussi, je suis très heureuse. Il arrive même à me faire recracher du lait par le nez, se réjouit Ampata.

Buffy grimaça.

— Explique-moi pourquoi c'est une bonne chose.

— Parce qu'il me fait tellement rire.

Ampata se dirigea vers le bureau, fouilla parmi les papiers et les barrettes dont il était jonché et découvrit un tube de rouge à lèvres couleur cerise.

— Celui-là ?

— Oh, non, ça jurerait avec ton costume. Je dois en avoir un doré quelque part, proposa Buffy.

Ampata eut un sourire chaleureux.

— Merci beaucoup. Tu penses toujours aux autres avant de penser à toi-même. Tu me rappelles quelqu'un qui a vécu il y a très longtemps : une princesse inca.

Buffy ne trouvait pas la comparaison désagréable.

— J'ai toujours rêvé d'être une princesse.

Elle se leva et s'approcha des malles d'Ampata.

— Son peuple lui avait dit qu'elle était la seule capable de le défendre contre les mauvais esprits, continua la jeune Péruvienne.

Soulevant un couvercle, Buffy fut surprise de découvrir des caleçons d'homme dans les bagages d'Ampata. Mais elle n'eut pas le temps de s'interroger : son invitée venait d'ouvrir le tiroir de sa commode où elle rangeait ses pieux et ses crucifix.

Je savais bien que j'aurais dû fourrer ce bazar dans mon armoire...

— Entre toutes les filles de sa génération, continua rêveusement Ampata, elle a été...

— Elue, acheva Buffy en refermant le tiroir.

Elle fronça les sourcils, soudain perplexe. Que savait exactement Ampata à son sujet ?

— Tu connais cette histoire ? interrogea la jeune Péruvienne, surprise.

Buffy fut rassurée par cette réaction. Pourtant, la présence de sous-vêtements masculins dans les bagages d'Ampata soulevait bien des questions.

— Ça m'en rappelle une autre, répondit-elle simplement.

Elle aperçut le rouge à lèvres doré sous un tas de colliers et de pendentifs, près de la croix qu'Angel lui avait offerte lors de leur première rencontre.

— Tiens, dit-elle en le tendant à Ampata.

— Comme nous, elle avait seize ans, reprit la jeune Péruvienne. Elle fut envoyée à la mort. Qui sait à quoi elle dut renoncer pour accomplir son devoir ? L'amour, par exemple...

Buffy songea à Angel. C'est vrai qu'ils avaient une relation étrange, la Tueuse et le vampire doté d'une âme. Mais on leur laissait une chance. Tout était possible entre eux.

Et puis, n'avait-elle pas déjà fait mentir la prophétie qui annonçait sa mort ?

— Qui sait, oui..., murmura-t-elle, se raccrochant à cette idée.

Elle se dirigea vers la plus grosse malle et ajouta :

— Je vais défaire le reste de tes bagages.

Mais au moment où elle allait soulever le couvercle, la sonnette de la porte d'entrée retentit.

— Ça doit être Alex et Willow, déclara-t-elle. J'y vais.

Elle descendit au rez-de-chaussée et alla ouvrir.

Alex se tenait sur le seuil, vêtu comme Clint Eastwood dans *Pour une Poignée de Dollars*. Buffy se demanda s'il avait poussé le vice jusqu'à porter une plaque métallique sous son poncho pour arrêter les balles.

— Je suis venu chercher ma cavalière, marmonna Alex du coin des lèvres, sans cesser de mâchonner son mégot éteint.

— Et quelle culture représentes-tu ? grimaça Buffy.

— Je viens du pays de Leone, déclara Alex. (Puis, ôtant le mégot et reprenant sa voix normale :) C'est en Italie, et ça essaye de se faire passer pour le Montana.

Il détailla son amie de la tête aux pieds.

— Et toi, tu viens d'où : Bidochonville ?

Buffy poussa un soupir.

— Changement de programme. Willow et toi, vous emmenez Ampata au *Bronze*. Giles et moi, on fait la chasse aux momies.

Elle jeta un coup d'œil par-dessus l'épaule d'Alex, mais ne vit personne.

— Où est Willow ?

— Elle ne vient pas avec nous, l'informa le jeune homme.

— Oh, je vois, acquiesça Buffy. Rendez-vous d'amoureux, fleurs, baisers...

Alex semblait sur le point de répondre quand son regard fut attiré vers l'escalier.

Buffy se retourna pour voir ce qui le fascinait à ce point. Ampata descendait les marches, et le rouge à lèvres apportait vraiment la touche finale à son costume. Elle était à couper le souffle.

— Bonsoir, Alex.

— Ah, yiyuh, gargouilla le jeune homme.

— Traduction des borborygmes d'un adolescent américain : il dit que tu es très belle, gloussa Buffy tandis qu'Ampata les rejoignait dans l'entrée.

— Hajya, acquiesça Alex.

— De rien, répliqua Buffy.

A cet instant, Joyce Summers fit son apparition.

— Ampata, ton costume est ravissant. J'aimerais que tu convainques ma fille de t'accompagner.

— J'ai essayé, se défendit la jeune Péruvienne, mais elle est très têtue.

Joyce fit la moue.

— Ravie que quelqu'un d'autre s'en soit aperçu.

— Passez une bonne soirée, lui souhaita Ampata en se dirigeant vers la porte.

Alex posa une main sur l'épaule de Buffy et chuchota :

— Sois prudente.

— Promis, répondit la jeune fille à voix basse.

J'espère que maman n'a rien entendu, ou qu'elle se figurera qu'on parle d'autre chose.

— Hé, appela-t-elle tandis qu'Alex s'éloignait.

Il s'arrêta et se retourna vers elle.

— Tu as beaucoup d'allure dans ce costume !

Alex sourit, prit la main d'Ampata et la conduisit vers la voiture empruntée à sa mère.

Joyce s'approcha de Buffy pour regarder partir les deux jeunes gens.

— Regarde ça, s'émerveilla-t-elle. Ampata est aux Etats-Unis depuis deux jours à peine, et on croirait qu'elle a passé toute sa vie ici. Elle est vraiment douée pour s'intégrer.

— Oui, vraiment, acquiesça Buffy avec un rien de jalousie.

En entrant à l'intérieur du *Bronze*, Cordélia fut ravie de constater que personne d'autre n'avait adopté le look hawaïen.

Parfait, se félicita-t-elle.

Une fois encore, elle serait la plus belle de la soirée.

Il est vrai qu'elle attirait tous les regards avec son haut de maillot bleu à fleurs blanches, son sarong assorti et la fleur d'hibiscus rose piquée dans ses cheveux. N'outrepassant pas les limites de la décence, mais montrant assez de peau pour que tout le monde voie à quel point elle était bien roulée.

Evidemment, il avait fallu que sa mère joue les rabat-joie en lui rappelant qu'Hawaii faisait partie des Etats-Unis, et que ce n'était donc techniquement pas un pays étranger.

Cordélia avait haussé les épaules.

Ils n'ont pas la même tête que nous, ils parlent bizarrement et leurs noms sont imprononçables.

Pour elle, ça faisait d'eux des étrangers. Au même titre que les Texans, d'ailleurs.

Quand son regard se posa sur Willow, elle se retint d'éclater de rire. Puis elle se souvint qu'il n'y avait pas de raison, et éclata de rire quand même.

Willow avait opté pour un costume d'esquimau complet, jusqu'à la capuche bordée de fourrure et la lance en silex. Vu la foule qui se pressait au *Bronze*, il devait faire un million de degrés à l'intérieur.

Cordélia avait toujours pensé que les gens les plus intelligents étaient aussi les plus nazes. Sinon, comment expliquer que Willow – l'élève la plus brillante de tout leur lycée – porte un déguisement si laid qui la dissimulait complètement ?

La jeune fille décida que la situation méritait plus qu'un simple éclat de rire.

— Nous avons évité de justesse une coïncidence embarrassante : j'ai failli porter exactement la même chose, déclara-t-elle en passant à côté de Willow.

Celle-ci ne broncha pas. Peut-être avait-elle l'air peiné, mais c'était impossible à voir à cause de la fourrure qui bordait sa capuche.

Parfois, songea Cordélia, *se moquer des autres est vraiment trop simple.*

Elle découvrit Gwen assise près de l'escalier, vêtue d'une tenue vaguement japonaise. Sur scène, le groupe de Devon jouait un morceau dansable, mais pas trop fort ni trop rapide.

— Où est Sven ? s'enquit Gwen.

Cordélia poussa un grognement.

Elle avait réussi à passer une minute entière sans penser à l'empoté de Suédois qui lui collait aux basques depuis la veille.

— Je n'arrête pas d'essayer de le semer, mais il est comme les chiens qu'on abandonne dans le Grand Canyon pendant les vacances : capable de vous retrouver à quatre Etats de distance.

Comme s'il avait entendu qu'on parlait de lui, Sven se dirigea vers les deux jeunes filles dans son costume de guerrier viking.

— Tu vois ? Un vrai boomerang humain, incapable d'aligner deux mots.

— Moi, je le trouve mignon, protesta Gwen. Au moins, tu n'as pas besoin de lui faire la conversation.

Sur ce point, elle n'avait pas tout à fait tort. Combien de fois Cordélia avait-elle dû écouter Devon parler inlassablement de lui, alors qu'il y avait tant de sujets plus intéressants ?

— J'espère au moins qu'il comprend les instructions simples, soupira-t-elle. (Elle fit un geste pour attirer l'attention de Sven.) Toi aller chercher punch ?

Le jeune Suédois ne bougea pas.

Gwen se leva et le saisit par le bras.

— Suis-moi, je vais te montrer.

Willow bouillait littéralement dans son costume. Pourtant, ça lui avait paru une si bonne idée !

Elle avait fait des recherches sur des tas de tribus d'Esquimaux et confectionné de ses propres mains une parka d'Inuit, en utilisant un matériau qui ressemblait autant à de la peau de caribou que ce qu'on pouvait trouver dans une petite ville comme Sunnydale. Elle avait même fabriqué son épieu en se basant sur une vieille gravure trouvée dans un des bouquins de Giles.

Pas une seconde elle n'avait pensé que porter une parka en imitation de caribou pour une soirée où la moitié des adolescents de la ville se presseraient au *Bronze*, serait le genre de situation pour laquelle on avait inventé le mot « inconfortable ».

En plus, elle était seule. D'accord, c'était son idée de laisser Alex venir en tête-à-tête avec Ampata. Mais le bonheur du jeune homme ne faisait pas exactement le sien.

Et Cordélia n'avait pas pu s'empêcher de lui faire une remarque méchante.

Willow tenta de ne pas se sentir trop misérable. Après tout, sa camarade n'avait pas grand-chose pour elle. D'accord, elle était très populaire et beaucoup plus jolie que la moyenne, mais Willow, elle...

Willow ne voyait pas ce que Cordélia aurait pu lui envier. Il devait bien y avoir quelque chose, et elle trouverait quoi, même si ça devait lui prendre le reste de sa vie.

Puis Alex et Ampata firent leur apparition.

Incapable de voir à cause de la fourrure de son capuchon, Willow dut pivoter pour découvrir ce que tous les autres invités fixaient si ostensiblement.

Elle aurait dû s'en douter : Ampata. Ravissante dans son costume de princesse inca. Willow, qui avait passé la journée à lire des textes sur ce peuple, aurait juré qu'il était authentique.

Baissant les yeux sur sa propre tenue, elle marmonna :

— Je suppose que j'aurais dû porter quelque chose de plus sexy...

Alex l'aperçut et se dirigea vers elle, traînant Ampata dans son sillage. Il était déguisé en cow-boy, et Willow le trouva très beau.

Cela dit, elle le trouvait *toujours* très beau.

— Vos costumes sont super...

— Moi, j'adore le tien, répondit Ampata. Il fait très authentique.

Au moins, elle l'a remarqué, songea Willow.

Mais c'était une maigre consolation.

— Merci, murmura-t-elle.

— Oui, renchérit Alex, ça a l'air, euh... douillet.

— C'est exactement ce que je voulais, dit Willow sans conviction. Où est Buffy ?

— Elle avait des trucs à faire pour le Club du Crime, expliqua très vite Alex. Giles avait besoin d'elle, et tu sais comme il peut être casse-pieds.

Willow tenta de hocher la tête, puis s'aperçut qu'elle ne pouvait pas avec sa parka.

— Je vois.

Quand la chanson se termina, elle s'en aperçut parce que des applaudissements retentirent autour d'elle. Elle n'avait même pas fait attention au groupe qui occupait la scène.

Les musiciens attaquèrent un slow. Alex se tourna vers Ampata.

— Tu voudrais, euh... Enfin, tu sais...

— J'adorerais danser avec toi, dit très vite Ampata pour le tirer d'embarras.

Avec un soupir reconnaissant, Alex la conduisit vers la piste.

Restée seule, Willow baissa le nez d'un air triste.

Oz balaya la foule du regard. Ce morceau-là n'était pas difficile: une simple balade répétant des accords qu'il aurait pu jouer dans son sommeil. Il n'aimait pas beaucoup les slows, mais dans ce genre d'endroit, il en fallait pour tous les goûts.

Au moins, c'était une soirée amusante. Oz n'avait jamais vu autant de gens costumés, à part le soir d'Halloween. Et le thème *polyethnique* lui plaisait bien. Il eut un léger sourire.

Deux choses attirèrent son attention.

La première était difficile à manquer, parce que tout le monde avait les yeux rivés dessus : un couple qui dansait au milieu de la piste. Le garçon était déguisé en cow-boy et la fille en une sorte de déesse sud-américaine. Ils n'étaient pas les seuls à se déhancher sur cette chanson, mais ils se serraient si étroitement, si passionnément qu'on les aurait crus sortis de *West Side Story*.

La deuxième chose se tenait derrière eux : c'était une fille vêtue d'un costume d'esquimau. La plus adorable qu'Oz ait jamais vue.

Il avait observé le couple qui dansait pendant quelques secondes, mais cette fille... Il n'arrivait pas à en détacher son regard.

Alors que les musiciens attaquaient un passage instrumental, Oz abandonna son micro pour se rapprocher de Devon.

— Qui est cette fille ? demanda-t-il.

— C'est une des étudiantes de l'échange culturel, répondit le chanteur. Je crois qu'elle vient d'Amérique du Sud.

Oz secoua la tête.

— Pas elle. L'Esquimaude.

Devon haussa les épaules pour signifier qu'il l'ignorait.

Qui est cette fille ? se demanda Oz, intrigué.

La princesse n'avait jamais connu un tel bonheur. La musique était un peu bizarre, mais elle ne lui déplaisait pas. Et de toute façon, ça n'avait aucune importance.

La seule chose qui comptait, c'était de danser dans les bras d'Alex. Elle aimait cette sensation.

Son cœur battit à tout rompre quand il se pencha pour l'embrasser.

Tandis qu'elle levait la tête vers lui, elle aperçut ses mains posées sur les épaules du jeune homme. Des rides étaient apparues sur sa peau et devenaient plus visibles à chaque seconde.

Non !

L'énergie prise au Gardien aurait dû la soutenir pendant plusieurs jours, et ça ne faisait que trois ou quatre heures. Quelque chose clochait.

Peut-être parce qu'il n'était pas vraiment humain...

Quoi qu'il en soit, elle devait s'éloigner d'Alex pour ne pas qu'il voie ce qui lui arrivait.

Avant que le jeune homme puisse l'embrasser, elle se dégagea de son étreinte et s'enfuit en courant, les bras collés au corps, comptant sur la pénombre qui régnait au *Bronze* pour empêcher les autres de remarquer l'état de ses mains.

Regardant autour d'elle, elle repéra un garçon assis tout seul sur une marche de l'escalier. Elle ne reconnut pas le pays qu'était censé représenter son costume, mais elle s'en moquait.

La seule chose importante, c'était sa solitude, qui faisait de lui une proie facile.

Il lui fallut quelques instants et un de ses sourires à faire fondre la neige pour attirer le nommé Jonathan derrière la scène. Elle lui ôta son chapeau de paille et lui passa une main dans les cheveux.

— Tes mains sont toutes... rugueuses, remarqua le garçon, nerveux. Et je croyais que tu étais avec Alex...

De la voix la plus sensuelle qu'elle put prendre, la princesse répondit :

— Est-ce que j'ai vraiment l'air d'être avec Alex ?

Elle se pencha pour l'embrasser.

— Ampata ! appela Alex derrière elle.

Non, mon amour, songea la princesse, angoissée. *Pas maintenant.*

Mais les dégâts étaient déjà faits. Jonathan recula, les yeux écarquillés.

— Il faut que je m'en aille, balbutia-t-il.

Et il s'en fut sans demander son reste.

Après qu'Ampata se fut dégagée, Alex la suivit du regard, perplexe.

— Au moins, ce n'est pas à cause de quelque chose que j'ai dit, marmonna-t-il.

La jeune fille et lui n'avaient pas échangé un mot depuis leur arrivée au *Bronze*, comme s'ils n'en avaient pas besoin.

Alex partit à sa recherche, mais il ne parvint pas à la trouver dans la foule. En revanche, il localisa facilement Willow, qui n'avait pas bougé.

— Tu n'as pas vu Ampata ?

Son amie fit un drôle de geste.

Alex fronça les sourcils.

— C'était quoi, ça ?

— J'ai haussé les épaules, répondit Willow.

Note personnelle importante, songea Alex : *les haussements d'épaules et les parkas esquimaudes ne font pas bon ménage...*

— La prochaine fois, tu devrais te contenter de dire « haussement d'épaules », suggéra-t-il en s'éloignant.

Derrière lui, il entendit Willow marmonner :

— Soupir.

Se frayant un chemin parmi les autres invités, Alex aperçut une des groupies de Cordélia habillée en Japonaise. Elle discutait avec Sven, l'étudiant suédois hébergé par les Chase.

— Je croyais que cet échange culturel serait amusant, se plaignait le jeune homme, mais regarde avec qui ils m'ont collé. « Momento ? Toi aller chercher punch ? » Je me demande si Cordélia parle votre langue. Tu es sûre qu'elle habite ici ?

En d'autres circonstances, Alex se serait marré comme un petit fou. Se souciant avant tout d'Ampata, il classa l'incident dans un coin de sa mémoire pour le resservir plus tard à Cordélia.

Pour le moment, il devait retrouver sa cavalière.

C'était la première fois de sa vie que les choses se passaient bien entre lui et une fille. Toutes celles qui lui avaient plu jusque-là l'avaient rejeté. Il n'était pas décidé à baisser les bras sans combattre.

Il revint vers l'entrée.

Finalement, il retrouva sa belle quelques minutes plus tard. Elle semblait déboussolée.

— Te voilà ! s'exclama Alex, soulagé. Pourquoi t'es-tu enfuie ?

— Parce que... (La voix de la jeune fille se brisa.) Je ne suis pas digne de toi.

Alex écarquilla les yeux.

— Tu penses que tu n'es pas digne de moi ? (Il éclata de rire.) Tu sais que je t'aime ?

Il était si étonné qu'Ampata puisse penser une chose pareille qu'il lui fallut plusieurs secondes pour réaliser ce qu'il venait de dire.

Ampata se détourna, des larmes ruisselant sur ses joues.

— Et ça, ce sont des larmes de joie, de douleur ou de dégoût ?

— Je suis très heureuse et très triste à la fois.

A sa voix, Alex aurait juré qu'elle était seulement très triste.

— Dans ce cas, parle-moi. Dis-moi ce qui ne va pas.

— Je ne peux pas, sanglota la jeune fille en se laissant tomber dans ses bras pour pleurer sur son épaule.

— Je sais pourquoi tu ne peux rien me dire. Parce que c'est un secret, n'est-ce pas ? avança Alex.

Ampata leva les yeux vers lui et acquiesça.

— Et si tu me le révélais, tu serais obligée de me tuer ensuite ? dit-il, essayant d'alléger l'atmosphère.

Sa cavalière se remit à sangloter de plus belle.

Bien joué, Monsieur Tout-En-Finesse, se félicita Alex.

— Navré, ce n'était qu'une mauvaise plaisanterie. Je n'aurais pas dû ; je...

Il s'arrêta en croisant son regard.

En cet instant, il ne désirait rien davantage au monde que d'embrasser Ampata. Et il sentait que c'était réciproque.

Il se pencha et posa ses lèvres sur celles de la jeune fille.

Ce fut un baiser étonnant.

Au bout de quelques secondes, Alex eut l'impression que la vie se retirait de lui.

CHAPITRE VII

Buffy sursauta en entendant qu'on sonnait à la porte d'entrée.

Un instant, elle crut que c'était Willow, venue lui annoncer qu'elle n'irait pas au bal.

Buffy plaignait beaucoup son amie, mais ce soir, elle n'avait pas le temps de lui prêter une épaule compatissante.

Aussi fut-elle à la fois soulagée et intriguée de découvrir Giles sur le seuil.

— Dieu merci, tu es chez toi, soupira le bibliothécaire en entrant sans y avoir été invité.

— Oui, dit Buffy, sinistre, en refermant la porte derrière lui. Pas au bal, pas avec mes amis, pas avec un garçon.

Comme Giles ne semblait guère ébranlé par cette tentative de culpabilisation, elle continua :

— Que faites-vous ici ? Je croyais qu'on devait se retrouver au musée pour chercher le garde du corps.

— Changement de programme. On vient de le découvrir momifié dans les toilettes du lycée, annonça Giles.

Buffy fronça les sourcils.

— Là, je ne comprends plus. Pourquoi la momie aurait-elle tué son protecteur ?

— Eh bien, j'ai effectué des recoupements et observé de nouveau les pictogrammes. Il semble que le travail du garde du corps n'était pas de défendre la momie, mais de s'assurer qu'elle ne se réveille pas et ne quitte pas son sarcophage.

— Alors, Ampata se serait trompée de traduction ? s'étonna Buffy.

Bah, après tout, ça peut arriver à tout le monde. Ce n'est qu'une ado... Mais quand même.

— Peut-être, lâcha Giles, dubitatif.

— Hé, une minute. Le sceau lui filait les jetons dès le début, se souvint Buffy.

— C'est ce qu'on aurait dit, oui, approuva son Observateur.

Buffy écarquilla les yeux.

— Ses malles !

Elle se précipita vers l'escalier.

— Je te demande pardon ? dit Giles en lui emboîtant le pas.

— J'ai trouvé quelque chose de bizarre dans ses bagages.

Elle se rua dans sa chambre.

La valise et les deux malles étaient toujours là, mais Buffy remarqua qu'Ampata avait mis un cadenas sur la plus grosse : celle qu'elle était sur le point d'ouvrir avant l'arrivée d'Alex.

— Regardez ses vêtements...

Giles commença à fouiller la première malle avec une mine embarrassée. Puis il s'aperçut que tous les sous-vêtements étaient masculins, et les chemises beaucoup trop grandes pour une frêle jeune fille comme Ampata.

— Ce sont des habits de garçon, constata-t-il, perspicace. Que fait-elle avec ça ?

Buffy s'agenouilla devant la seconde malle, fit sauter le cadenas d'un simple geste et souleva le couvercle.

Une bouffée d'air décomposé lui sauta au visage. Rien d'étonnant, vu que la malle contenait un corps momifié.

Le dernier modèle de la série ; collectionnez-les tous !

— Quel genre de fille se balade avec un cadavre dans ses bagages et oublie d'emporter du rouge à lèvres ? murmura-t-elle.

Le bibliothécaire expira lentement.
— Il semble qu'Ampata soit notre momie.
— Et notre meurtrière. Giles, elle est partie à la soirée avec Alex ! s'exclama Buffy, inquiète.
Son Observateur hocha la tête.
— Nous devons nous rendre au *Bronze* séance tenante.
Ils dévalèrent l'escalier et se ruèrent dans la voiture de Giles.
Buffy s'installa côté passager tandis que le bibliothécaire prenait le volant.
Il lui fallut trois tentatives avant de réussir à faire démarrer son tacot, qui s'engagea dans l'avenue en cahotant.
Buffy poussa un grognement. Elle aurait été plus vite à pied.
— Vous ne pouvez pas appuyer sur le champignon ?
— J'ai déjà le pied au plancher, répondit Giles, vexé.
— Un jour ou l'autre, il faudra vous acheter une voiture d'adulte, l'informa Buffy.
Son Observateur la foudroya du regard.
Ils gardèrent le silence quelques instants. Buffy fixait la route à travers le pare-brise.
— J'aurais dû m'en douter, soupira-t-elle enfin. Vous vous souvenez : Ampata voulait qu'on cache le sceau.
Giles hocha la tête.
— Et ensuite, elle nous a demandé de le détruire parce que... Attends un peu !
Dix secondes plus tard, Buffy lui rappela :
— J'attends... Toujours...
— Nous savons que le sceau servait à retenir la momie, déclara Giles, pensif. S'il fallait le briser pour la libérer...
— Il faut sans doute le reconstituer pour l'emprisonner de nouveau, acquiesça Buffy.

Ça fait deux plans dans la même journée. Pas trop mal pour un vieil Anglais coincé et une jeune Tueuse pleine d'allant.

— Je vais au musée, annonça Giles en tournant dans la rue du *Bronze*. J'essaierai de rassembler les fragments sur place.

Buffy hocha la tête.

— D'accord. Pendant ce temps, je vais retrouver Alex avant qu'il ne commence à échanger de la salive avec sa momie chérie.

La jeune fille n'attendit pas que Giles arrête la voiture ; elle sauta en marche et claqua la portière derrière elle, tandis que le bibliothécaire prenait la direction du musée d'histoire naturelle.

Elle perdit une bonne minute à expliquer à Dave le videur pourquoi elle n'était pas déguisée. Apparemment, la règle de la soirée était de ne laisser entrer personne qui ne porte pas de costume ethnique.

Buffy réussit à persuader Dave qu'elle était habillée en fermière canadienne et il consentit à s'écarter. La jeune fille prit mentalement note de l'étrangler une fois qu'elle aurait résolu le problème plus urgent de la momie.

Elle entra dans le *Bronze* et se fraya un chemin parmi une foule d'adolescents de toutes les nationalités. Alex et Ampata n'étaient nulle part en vue. Mais Buffy n'eut pas de mal à repérer Willow dans son étonnant costume d'esquimau.

— Où est Alex ? demanda-t-elle.

— Il cherche Ampata, répondit tristement son amie.

— Il vaudrait mieux qu'on la retrouve avant lui : c'est elle, la momie, expliqua très vite Buffy.

Willow écarquilla les yeux.

— Oh.

Puis elle eut un sourire auquel Buffy ne se serait pas attendue de sa part.

— Super...

Mais elle reprit très vite une expression terrifiée, beaucoup plus willowesque.

— Alex ! s'affola-t-elle.

— Dans quelle direction est-il parti ?

— Derrière la scène, je crois.

Les deux jeunes filles se lancèrent à la recherche de leur ami.

Alex n'avait qu'une expérience limitée des baisers. Mais il lui semblait que celui-ci était d'une intensité surnaturelle. Il avait vraiment l'impression que ses forces vitales le désertaient.

A nouveau, Ampata se dégagea.

— Non, gémit-elle. Je ne peux pas !

Vidé, Alex s'effondra sur le sol. Il avait entendu parler de baisers à couper le souffle, mais à ce point...

Ampata s'agenouilla près de lui.

— Alex, je suis désolée.

Il voulut lui demander pourquoi, mais il n'avait plus la force de prononcer un mot.

Soudain, Ampata se redressa et se prit la tête à deux mains.

— Le sceau, grogna-t-elle, les dents serrées.

Puis elle s'enfuit.

— Ampata..., croassa Alex.

Peu à peu, il sentait ses forces lui revenir. Pas encore assez pour qu'il se relève, mais...

— Tu vas bien ? demanda une voix inquiète.

Alex sursauta. Puis il aperçut Buffy, toujours en bas de jogging, et Willow toujours en costume d'esquimau.

Je croyais que Buffy allait au musée avec Giles, songea-t-il vaguement.

— Je... Oui, articula-t-il avec difficulté. (Puis, avec une pointe d'émerveillement :) Ça, c'était un baiser !

— Où est Ampata ? s'enquit Buffy.

Alex avait failli lui poser la même question. Il tenta de se concentrer.

— Elle a dit quelque chose... à propos du sceau.

— Giles ! s'exclama la Tueuse. Venez, il faut nous dépêcher.

Cette conversation prenait un tour qui déplaisait de plus en plus à Alex.

— Que se passe-t-il ?

— Il ne sait pas, constata Willow.

Je ne sais pas quoi ? se demanda Alex.

— On lui racontera en route, coupa Buffy.

Les deux jeunes filles aidèrent leur ami à se relever, et ils sortirent du *Bronze*.

La princesse avait juré de ne jamais revenir dans cet endroit détestable ; pourtant elle entra dans la salle de l'exposition itinérante sur les trésors d'Amérique Latine.

Quand l'adolescent stupide avait brisé le sceau, elle avait recouvré sa liberté après cinq siècles d'enfer. Quoi qu'il arrive, elle ne pouvait pas permettre qu'on le reconstitue. Jamais elle ne retournerait à cette existence de morte-vivante...

Elle avait Alex. Et elle ne laisserait rien ni personne le lui enlever.

Alors qu'elle s'approchait du sarcophage, elle entendit une voix familière.

— « La cosmologie inca réunit la Tête d'Oiseau et son jumeau pâle. » (Une pause, puis :) Son jumeau pâle ! Bien sûr !

C'était l'archiviste, Giles. Visiblement, il s'efforçait de réparer le sceau.

Maudit soit-il !

Il lui rappelait son grand prêtre avec son air arrogant et supérieur. Toujours en train de lui répéter combien il était noble de mourir pour Sebancaya.

S'il avait eu la moindre idée de ce qu'il me demandait... Si cet imbécile-là avait la moindre idée du calvaire auquel il veut me renvoyer...

Elle le distinguait agenouillé près de sa tombe, en train de lire un texte à voix haute.

— « Le Condor s'élance vers le ciel, mais il tient sa proie dans ses serres »... C'est ça.

Puis il assembla les fragments du sceau, et la princesse sentit le pouvoir de l'artefact l'attirer irrésistiblement.

Non !

Ses bras et ses jambes étaient tout ratatinés. Bientôt, son corps entier se flétrirait, et elle ne pourrait plus rien faire. Rassemblant ses dernières forces, elle se dirigea vers l'estrade.

— « Le coquillage évoque Mamacocha, Mère de Toutes les Eaux », continua Giles. Bon. Plus qu'un morceau...

Tendant une main racornie, la princesse lui arracha le sceau et le jeta à travers la salle. Il se brisa en mille morceaux. Son emprise sur elle était à jamais rompue.

De l'autre main, la princesse saisit l'archiviste à la gorge et serra. Mais elle prit bien garde à ne pas le tuer : elle ne pourrait pas voler ses forces vitales s'il était mort.

Tandis qu'elle se penchait pour l'embrasser, une voix résonna derrière elle.

— A la décharge des momies incas, je dois reconnaître que vous savez garder un secret...

Pivotant sur elle-même, la princesse vit Buffy debout dans l'entrée de la salle.

La jeune fille fit un bond gracieux et atterrit sur l'estrade dans une position de combat. La princesse en fut étonnée : Buffy n'avait jamais manifesté de tels talents.

Déposant l'archiviste inconscient dans le sarcophage, Ampata se redressa et dit :

— Toi aussi, tu avais un secret dont tu ne m'as pas parlé. Tu n'es pas une adolescente ordinaire...

— Parce que toi, oui ? railla Buffy.

Elle décocha deux coups de pied tournants à la princesse, suivis par un coup de poing.

Une humaine ordinaire serait tombée. Même affaiblie comme elle l'était, la princesse fit preuve d'une résistance hors du commun. Elle saisit le poignet de Buffy au vol et l'entraîna vers le bord du sarcophage.

Cette fille est puissante. Son énergie durerait plusieurs jours, songea-t-elle en se penchant pour l'embrasser.

Mais Buffy était une proie plus coriace que l'archiviste. Elle donna un coup de tête à la princesse qui, déséquilibrée, recula. Puis elle voulut lui lancer un coup de pied que son adversaire esquiva.

Buffy chargea. De nouveau, la princesse réussit à retourner son attaque contre elle et la jeta à l'intérieur du sarcophage, dont elle referma le couvercle.

L'archiviste et Buffy attendraient. La princesse avait besoin de se nourrir avant de pouvoir affronter de nouveau la jeune fille. Déjà, elle sentait ses forces l'abandonner. Elle devait trouver une autre victime.

Se dirigeant vers la sortie, elle bouscula Willow qui avait ôté son costume d'esquimau.

Elle força ses doigts à se refermer autour de la gorge de la jeune fille terrifiée.

— N'aie pas peur, ça ne fera pas mal, promit-elle.

— Lâche-la ! ordonna la seule voix qu'elle ne voulait pas entendre en ce moment.

Elle pivota vers Alex.

Non, mon amour, je t'en prie. Je ne veux pas que tu me voies comme ça !

— Si tu dois embrasser quelqu'un, je préfère que ce soit moi, déclara le jeune homme.

La princesse sentit des larmes lui monter aux yeux.

— Alex, nous pouvons être heureux tous les deux... Laisse-moi juste prendre cette fille.

— Pas question.

Toute sensation quitta ses membres rabougris. Elle serait bientôt incapable de se déplacer si elle ne se nourrissait pas.

— Je dois le faire, dit-elle d'une voix pressante. Tout de suite. Sinon, ce sera la fin. Pour moi et pour nous.

Elle se pencha vers Willow.

— Non ! s'exclama Alex.

Il bondit pour s'interposer entre elles et, d'une bourrade, poussa Willow hors de portée de la princesse.

Celle-ci n'avait plus la force de résister. L'engourdissement gagnait son torse. Ce fut à peine si elle put lever les mains pour les poser sur les épaules d'Alex.

Le jeune homme plongea son regard dans celui de la princesse. Les yeux qui la contemplaient avec amour une heure plus tôt n'exprimaient plus que de la colère.

— Si tu veux une vie, tu devras prendre la mienne. T'en sens-tu capable ?

La peur serra le cœur de la princesse comme un étau. Le sceau l'avait préservée pendant cinq siècles, mais elle l'avait détruit et tué le Gardien. Les instruments de la malédiction n'étaient plus, et les prêtres de Sebancaya avaient disparu depuis bien longtemps.

Si elle mourait maintenant, ce serait pour toujours.

Elle ne pouvait pas accepter cette idée. Elle avait enfin goûté à la vraie vie, et elle ne voulait pas y renoncer.

Pas même pour Alex.

— Oui, souffla-t-elle, avide.

Et elle se pencha sur lui pour l'embrasser une dernière fois.

Alors, elle entendit le couvercle du sarcophage s'écraser au sol, dans son dos. Du coin de l'œil, elle vit Buffy s'élancer vers elle.

La princesse n'avait même plus la force de tourner la tête vers son adversaire.

Buffy la saisit par les épaules.

La dernière chose qu'elle aperçut, ce furent ses bras, arrachés à son torse, qui agrippaient toujours son cher Alexandre.

La dernière chose qu'elle sentit fut le plancher contre lequel elle s'affaissa.

Puis les ténèbres se refermèrent sur elle.

Alex ne dormit pas bien la nuit suivante. L'image des bras d'Ampata encore accrochés à ses épaules, pendant que le reste de son corps se désagrégeait sur le sol, le hanta pendant son sommeil.

Le lendemain matin, Buffy et lui traversèrent ensemble la cour du lycée, se dirigeant vers la salle d'étude. La jeune fille sirotait un soda. En silence, elle lui offrit une gorgée, qu'il refusa d'un geste de la main.

Le désir de rester muet livrait bataille contre son besoin inné de parler ; finalement, ce fut ce dernier qui l'emporta.

— Je ne suis pas très marrant aujourd'hui, pas vrai ? Désolé, s'excusa-t-il.

— Ce n'est pas grave, le rassura Buffy.

Alex poussa un soupir.

— Je crois que...

Il s'interrompit, ne sachant pas s'il devait prononcer les mots qui lui brûlaient les lèvres.

Bah, pourquoi pas ? Qu'est-ce que j'ai à perdre ?

— Toi mise à part, on dirait que j'ai le chic pour ne craquer que sur des monstres. Personne au monde n'a plus mauvais goût que moi...

Buffy sourit.

— Ampata n'était pas mauvaise. Du moins, pas au départ. Et elle tenait vraiment à toi.

— Oui, mais je crois que son besoin d'aspirer les forces vitales des autres pour survivre m'aurait posé des problèmes à la longue.

Alex songea au véritable Ampata Guttierez, dont le voyage probablement très attendu aux Etats-Unis s'était terminé dans une gare routière nauséabonde, entre les mains d'une momie séculaire.

Il pensa au garde du corps, qui essayait seulement de faire son travail, et même à Rodney Munson qui, malgré ses nombreux défauts, ne méritait pas ce qui lui était arrivé.

— Elle nageait dans la confusion, dit Buffy. C'était une adolescente, et on lui a volé sa vie. Je me souviens de ce que j'ai ressenti quand Giles m'a lu la prophétie sur ma mort. L'idée d'accomplir mon devoir à tout prix ne m'a pas paru très séduisante.

— Mais tu as quand même fini par le faire, lui rappela Alex. Tu as donné ta vie.

Buffy sourit.

— Tu étais là pour me ramener.

Alex lui rendit son sourire.

Les sentiments qu'il éprouvait pour elle ne seraient peut-être jamais payés de retour. Pour le moment, il pouvait vivre avec cette idée. Ça valait le coup, rien que pour être à ses côtés.

Ils continuèrent à marcher dans un silence amical.

CE SOIR (3)

Rétrospectivement, ça n'avait pas été une mauvaise période... Au moins, en comparaison de ce qui avait suivi.

Après tout, Angel et Buffy arrivaient à entretenir une relation plus ou moins normale ; Giles et Mlle Calendar se rapprochaient peu à peu, et même Willow avait fini par se trouver un petit ami en la personne d'Oz, le guitariste des Dingoes Ate My Baby.

Alex avait d'abord eu quelques doutes à l'égard d'Oz. D'accord, il avait intercepté la balle qui filait vers Willow quand un des assassins tarakans avait tiré sur Buffy dans le hall du lycée, mais tout de même.

Puis Oz avait découvert la vérité à propos de la Bouche de l'Enfer, après que Buffy eut embroché un vampire juste devant lui. A sa décharge, il n'avait pas eu l'air très surpris. Evidemment, quand on est soi-même un loup-garou...

L'arrivée des assassins tarakans avait apporté un autre changement majeur dans la vie d'Alex.

Tout avait commencé un matin, quand le jeune homme et Cordélia s'étaient rendus chez Buffy, portée disparue depuis la veille. Spike et Drusilla avaient engagé trois chasseurs de primes surnaturels pour éliminer la Tueuse. Buffy et Angel en avaient éliminé un. Après ça, la jeune fille n'avait plus donné de nouvelles.

Ultérieurement, ils avaient su qu'Angel avait été enlevé par Spike et Drusilla, et que Buffy avait trouvé refuge dans l'appartement de son petit ami.

Pendant qu'Alex fouillait la maison des Summers, Cordélia avait ouvert la porte à un représentant en produits de beauté. Hélas, c'était en réalité un des assassins tarakans, une répugnante créature formée d'un amas de vers.

Les deux jeunes gens s'étaient alors barricadés dans la cave, scellant la porte avec du scotch pour lui échapper.

Se retrouver coincé dans un espace clos avec Cordélia Chase ne figurait pas en tête de la liste des passe-temps favoris d'Alex, loin s'en fallait. Visiblement, sa camarade pensait la même chose, et ils avaient passé le début de leur réclusion à se disputer.

— Je n'arrive pas à croire que je vivrai mes derniers instants sur cette Terre enfermée avec toi !

— J'espère bien que ce sont mes derniers instants ! Encore dix secondes en ta compagnie et je vais...

— Tu vas quoi ? Espèce de lâche !

— Emmerdeuse !

— Je te déteste !

— Non, c'est moi qui te déteste !

Depuis douze ans qu'ils se connaissaient, Alex et Cordélia avaient souvent joué cette scène, mais jamais avec autant de passion. Leurs querelles avaient toujours été beaucoup plus sèches : une insulte par-ci, une vanne par-là...

C'était la première fois qu'ils y mettaient autant de sentiment.

Après avoir échangé des vœux de haine éternelle avec Cordélia, Alex avait senti son sang lui battre aux tempes et son cœur cogner dans sa poitrine. La colère et la frustration qu'il éprouvait s'étaient transformées en un besoin impérieux d'embrasser la jeune fille.

Il l'avait enlacée au moment où elle se jetait dans ses bras.

Contrairement à son étreinte avec Ampata, qui l'avait vidé de ses forces vitales, son baiser avec Cordélia lui avait infusé une énergie qui s'était amplifiée au fil de chaque seconde passée contre elle.

L'animosité qu'ils avaient partagée pendant toutes ces années s'était soudain transformée en une passion dévorante à laquelle ils ne comprenaient rien et contre laquelle ils étaient désarmés.

Au bout d'une douzaine d'éternités, ils s'étaient séparés.

— Il faut vraiment qu'on sorte d'ici, avait déclaré Alex.

Pour une fois, Cordélia avait été d'accord avec lui.

Ils avaient réussi à s'échapper grâce à leur astuce, en détournant un tuyau d'arrosage de son usage premier. Puis Buffy avait réglé leur compte aux assassins tarakans, libéré Angel et fait écrouler une église sur la tête de Spike et de Drusilla.

Bref, une fin heureuse.

Il restait tout de même un léger problème.

Alex et Cordélia avaient convenu que ce qui s'était passé dans la cave des Summers était une grosse erreur. En revanche, ils n'avaient pas pu se mettre d'accord sur qui en était coupable.

Une nouvelle dispute s'en était suivie. Elle avait duré une bonne minute avant qu'ils ne recommencent à s'embrasser.

La deuxième fois avait été encore plus excitante que la première.

Leur étrange relation s'était poursuivie sur un plan purement physique. De temps en temps, ils se glissaient dans un placard à balai pour se peloter dans le noir.

Il était hors de question qu'ils se montrent ensemble : Cordélia ne sortait qu'avec des athlètes ou des musiciens ; Alex avait passé toute sa vie à considérer l'entourage immédiat de la jeune fille comme la liste de ses Ennemis Publics Numéros Un à Dix. Aucun d'eux n'aurait pu supporter cette humiliation.

Et qu'ils passent le plus clair de leur temps à s'embrasser ne signifiait pas qu'ils se plaisaient ou quoi que ce fût dans le genre...

Mais ils avaient été démasqués le jour du dix-septième anniversaire de Buffy. Le moins qu'on puisse dire, c'était que Willow ne l'avait pas bien pris. « C'est contre toutes les lois de Dieu et de l'homme ! », avait-elle dit.

Ensuite, Angel avait brisé la malédiction des gitans et de nouveau perdu son âme. Transformé en démon, il avait rejoint Spike et Drusilla et était devenu l'adversaire de la Tueuse.

Comme si ça ne suffisait pas, Mlle Calendar avait révélé que les anciens de sa tribu, les Romani, l'avaient envoyée à Sunnydale pour garder un œil sur Angel. D'où une certaine tension dans ses relations avec Giles.

Comparé à tous les événements tragiques qui avaient suivi, le couple bizarre formé par Alex et Cordélia n'avait plus semblé si terrible à personne.

Semblé, en italique, pensa le jeune homme.

UN CHARME DÉROUTANT

MILIEU DE PREMIÈRE

CHAPITRE PREMIER

L'avocat fut retrouvé mort avec des traces de morsure dans le cou et du sang au coin des lèvres.

Buffy traqua et tua le vampire responsable de ce meurtre. Mais le sang qui maculait la bouche de la victime indiquait que le prélèvement avait peut-être été réciproque : elle s'était nourrie de son agresseur autant que son agresseur s'était nourri d'elle.

La nuit qui suivit les funérailles de l'avocat, Buffy se posta près de sa tombe pour voir s'il en émergerait afin de rejoindre la Société des Buveurs de Sang de Sunnydale.

Comme c'était un boulot plutôt ennuyeux, Alex offrit de lui tenir compagnie. De toute façon, il avait besoin de l'avis amical d'une adolescente.

En principe, il discutait de ses problèmes avec Willow, mais cette fois, ça concernait sa vie amoureuse, et il avait jugé plus gentil de laisser la jeune fille à l'écart.

Après qu'il eut passé dix bonnes minutes à raconter des blagues stupides sur les vampires et les avocats, Buffy le regarda droit dans les yeux.

— Alex, tu évites de me dire quelque chose depuis que nous sommes arrivés.

Elle était assise sur la pierre tombale opposée à celle de la victime, pendant que son ami faisait les cent pas entre les deux.

— Désolé.

Alex plongea la main dans la poche de son blouson et en sortit un écrin de bijoutier qu'il ouvrit, révélant le pendentif niché à l'intérieur.

C'était un cœur en argent suspendu à une chaîne assortie. A l'origine, le jeune homme faisait des économies pour s'acheter un nouveau skate-board. Mais à bien y réfléchir, il ne s'était pas servi de l'ancien depuis presque un an.

Et surtout, le 14 février approchait à grands pas.

Pour la première fois de sa vie, Alex avait quelqu'un à qui faire un cadeau le jour de la Saint Valentin. D'où sa visite chez Grossman, et la disparition de ses économies au bénéfice de Cordélia.

— Alors, comment tu le trouves ? demanda-t-il, nerveux.

— Très joli, acquiesça Buffy.

— Mais tu crois que ça plaira à Cordélia ?

— Je l'ignore. Sait-elle seulement de quoi il s'agit ? demanda Buffy en désignant le cœur.

Le jeune homme éclata d'un rire jaune.

— D'accord, d'accord. Quand allez-vous arrêter de vous moquer de moi parce que je sors avec Cordy ?

— Je suis navrée, dit Buffy, sincère. Mais jamais je n'aurais cru que..., ajouta-t-elle avec encore plus de sincérité. Bref, je trouve que tu aurais dû choisir quelqu'un de plus... (Elle hésita.) De mieux.

Alex ricana.

— Dans un univers parallèle, peut-être. Mais dans celui-ci, la seule fille qui m'intéresse n'est, euh, pas disponible.

L'expression de Buffy indiqua qu'elle savait de qui il parlait, et qu'elle lui était reconnaissante de ne pas avoir prononcé son nom.

— Et puis, reprit Alex, on ne s'entend pas si mal Cordy et moi. On ne se dispute plus autant qu'au début. Hier, on est même restés assis côte à côte pendant un quart d'heure sans se parler. Tu sais, à profiter l'un de l'autre en silence.

Ses épaules s'affaissèrent.

— Qu'est-ce que je me suis ennuyé...

— Je suis contente que ça marche entre vous, affirma Buffy. Enfin, presque. Et ne te bile pas trop pour le cadeau.

— Tu comprends, c'est un territoire nouveau pour moi. D'habitude, mes cartes de la Saint Valentin me valent des accusations de harcèlement...

— Cordélia va adorer, lui assura Buffy.

Alex se remit à faire les cent pas.

— J'aimerais que les rendez-vous amoureux soient aussi simples que ta mission de Tueuse. Tu sais, évidents et directs. Un pieu dans le cœur, et bonne nuit les petits !

Ce fut le moment que choisit l'avocat pour jaillir de sa tombe et croquer dans sa non-vie à pleines dents.

Bien qu'il se soit attendu à voir un type en costume sortir de terre, Alex fut pris au dépourvu et s'affala sur le sol.

Mon Dieu, je vais mourir.

Comme d'habitude, Buffy vola à sa rescousse. Elle se leva d'un bond, empoigna le vampire par derrière et le projeta à terre. Alors qu'il se relevait, elle lui assena deux coups de pied suivis du double de coups de poing.

Alex devait admettre qu'il adorait contempler la Tueuse en action. Il ne se lassait jamais de la voir botter des derrières vampiriques.

Mais ce mort-vivant-là avait un derrière très résistant. Il encaissa les coups de Buffy sans broncher, puis saisit la jeune fille au corps et la projeta contre le mur d'un mausolée voisin.

La Tueuse mit moins d'une seconde à reprendre ses esprits. Elle flanqua un coup de pied bas à la cheville du vampire, puis un coup de pied sauté à sa gorge.

Son adversaire tomba dans l'herbe humide. Pendant qu'il tentait de se relever, Buffy plongea la main dans son blouson, en sortit un pieu et le lui enfonça dans le cœur.

Moins une unité pour le corps juridique de Sunnydale, songea Alex en regardant l'avocat tomber en poussière.

Et cette fois, ce n'était même pas un licenciement.

Buffy tendit la main pour aider son ami à se relever.

— Navrée de casser ta baraque, mais ma mission de Tueuse est beaucoup plus dangereuse qu'un rendez-vous amoureux...

— On voit bien que tu ne sors pas avec Cordélia, répliqua Alex.

En ce jour de la Saint Valentin, une vive inquiétude agitait Cordélia Chase.

Personne ne l'avait appelée la veille. Pourtant, ses amies et elle avaient beaucoup de travail si elles voulaient coordonner leur tenue pour la soirée au *Bronze*.

La plus petite imprudence, et deux d'entre elles risquaient de porter la même robe, voire d'arborer des accessoires passés de mode depuis un mois. Surtout Katie, qui avait tendance à manquer de sérieux sur ce point. Cordélia avait bien essayé de la corriger, mais les mauvaises habitudes étaient difficiles à perdre.

Cordélia venait d'acheter une superbe robe en lin rouge très courte ; elle avait donc besoin que Dori change ses plans. Son amie pourrait toujours porter sa robe de soie rouge sans manches dans une autre soirée.

Harmony, Laura, Kimberley et Dori étaient en train de bavarder, assises sur un muret devant le lycée. Au moment où Cordélia s'approcha d'elles, elles se levèrent pour entrer dans l'établissement.

Elles ne m'ont pas vue, ou quoi ?

— Attendez-moi ! appela-t-elle, pressant le pas pour les rattraper.

Les jeunes filles continuèrent leur chemin comme si elles ne l'avaient pas entendue.

— Attendez-moi ! répéta Cordélia un ton plus haut.

Quand elle arriva enfin à leur hauteur, elle leur demanda sur un ton sévère :

— Que se passe-t-il ? Il y a des soldes quelque part ?

Ses amies s'arrêtèrent enfin et se tournèrent vers elle.

— Oh, désolée, s'excusa Harmony, tout sourire. On ne t'avait pas vue.

Cordélia aurait juré que le regard des jeunes filles s'était posé sur elle juste avant qu'elles ne se lèvent. Mais elle mit ça sur le compte d'une imagination trop fertile.

— Pourquoi ne m'avez-vous pas appelée hier soir ? Il faut qu'on parle de nos tenues pour la soirée du *Bronze*. Je serai en rouge et noir, dit-elle en fixant Dori. Il va falloir que tu choisisses autre chose.

— En rouge et noir ? intervint Kimberley. Ce sont les couleurs préférées d'Alex, je suppose ?

— Alex ? répéta Cordélia, étonnée. Quel rapport avec Alex ?

La mode était une affaire de filles. Pas de garçons, et surtout pas quand ils avaient aussi peu de goût vestimentaire qu'Alex.

— Eh bien, on a pensé que tu voudrais te faire belle pour le naze avec qui tu sors, railla Harmony.

Les trois autres pouffèrent. Cordélia n'en croyait pas ses oreilles.

— Alex est juste...

— Quand allez-vous commencer à porter des tenues assorties ? coupa Harmony. Ce serait tellement mignon ! (Elle se tourna vers ses amies.) Venez, on s'en va.

Elles s'éloignèrent, abandonnant Cordélia.

La jeune fille était stupéfaite. D'abord, on lui coupait la parole – deux fois de suite ! –, puis on la plantait là comme une malpropre.

Qu'est-ce qui leur arrive ?

Puis elle soupira.

Ce qui leur arrive, c'est que je sors avec un nul. A leur place, réagirais-je différemment ?

La cloche sonna, indiquant la fin du cours de littérature.

— Toutes les copies sur mon bureau, ordonna Mlle Beakman. Quiconque sortira d'ici sans m'avoir remis la sienne recevra une note éliminatoire.

C'était leur examen trimestriel, qui consistait à rédiger un essai sur l'un des cinq romans étudiés en classe. Alex avait choisi *De Grandes Espérances*, bien qu'il ait eu beaucoup de mal à arriver jusqu'au bout. Il préférait de loin la version cinématographique, surtout à cause des scènes déshabillées de Gwyneth Paltrow.

Il y avait passé une bonne partie de la nuit. Mais il avait réussi à pondre six pages sur le prétendu classique de Charles Dickens.

— Ha ha ha, marmonna-t-il en se levant de son pupitre. Pas de F pour moi, aujourd'hui : ce petit chef-d'œuvre devrait me valoir au minimum un D moins.

Pendant qu'il rangeait ses affaires dans son sac, il remarqua Willow en train de discuter avec Amy Madison.

Il s'approcha d'elles.

— Salut.

— Salut, répondit la grande étudiante blonde. Vous allez à la soirée de la Saint Valentin au *Bronze* ? Ça devrait être sympa...

Willow semblait sur le point d'exploser.

Ça y est, elle recommence, songea Alex.

— Vas-y, sourit Buffy en les rejoignant. Tu sais bien que tu meurs d'envie de le dire.

— Mon petit ami joue dans le groupe ! lança Willow.

Quand ce n'est pas la pleine lune, corrigea mentalement Alex.

Il s'en voulut un peu de sa cruauté. L'un dans l'autre, il aimait bien Oz, mais pas l'idée que sa meilleure amie sorte avec un type qui se changeait en bête féroce trois nuits par mois.

Je me demande bien pourquoi je m'inquiète. Comme si c'était inhabituel à Sunnydale...

— Bravo, dit Amy, félicitant Willow avant d'éclater de rire.

— Maintenant, je pense que tout le monde est au courant, déclara Buffy.

Willow grimaça.

— Seulement dans cet hémisphère.

Alex leva les yeux au ciel. En principe, la jeune fille se mettait dans des états pareils quand il était question d'informatique. Jamais il ne l'avait vu excitée à ce point par autre chose que la nouvelle version d'un logiciel.

— Et toi ? demanda Amy à Buffy.

— Oh, je trouve que la Saint Valentin n'est qu'un prétexte pour faire vendre des cartes de vœux et des chocolats.

Amy hocha la tête.

— Une histoire d'amour qui a mal tourné ?

— Pire que mal, soupira Buffy.

Willow et elle posèrent leur devoir sur le bureau de Mlle Beakman.

Au moment où elles sortaient, Amy se rapprocha du professeur et la regarda dans les yeux. Mlle Beakman se figea, le regard dans le vague. Puis elle fit mine de prendre une copie.

— Merci, Amy.

La jeune fille sourit et s'en alla.

Qu'est-ce qui vient de se passer ? se demanda Alex, resté en arrière.

Puis il se souvint de la mère d'Amy.

Dans sa jeunesse, Catherine Madison avait été capitaine de l'équipe de pom-pom girls du lycée de Sunnydale. Vingt ans après, le trophée qu'elle avait remporté trônait encore dans une vitrine.

Quand sa fille avait refusé de suivre ses traces, Catherine s'était tournée vers l'occultisme. Elle avait commencé à lancer des sorts, dont un qui lui avait permis d'échanger son corps contre celui d'Amy afin de revivre ses jours de gloire.

Pour réussir à intégrer l'équipe, Catherine n'avait pas hésité à mettre le feu à une titulaire, à sceller la bouche d'une autre, à aveugler Cordélia et à s'en prendre à Buffy.

Puis Giles avait réussi à annuler le sort d'échange et la Tueuse avait utilisé un miroir pour renvoyer son dernier enchantement à Catherine.

Personne ne savait ce que la mère d'Amy était devenue. La jeune fille était allée vivre avec son père et sa belle-mère.

Si elle ne s'intéressait pas à la grande passion de Catherine, on ne pouvait apparemment pas en dire autant de ses autres activités, songea Alex en remettant sa copie à Mlle Beakman.

Il courut dans le couloir pour rattraper Buffy et Willow.

— Je déteste te savoir seule le soir de la Saint Valentin..., dit cette dernière.

— Ne t'en fais pas pour moi, assura Buffy. Maman et moi, on se gavera de cochonneries en regardant des vidéos débiles. C'est une tradition chez les mal-aimées.

— Hé, vous avez vu ça ? demanda Alex.

— Vu quoi ?

— En classe ! Je crois qu'Amy vient d'utiliser de la magie sur Mlle Beakman.

Buffy fronça les sourcils.

— Tu veux dire qu'elle lui a jeté un sort ?

— Après tout, sa mère était une sorcière, acquiesça Willow, dont les pensées suivaient le même chemin que celles d'Alex.

— Et une psychopathe en puissance, leur rappela Buffy. Amy est la dernière personne qui devrait tremper là-dedans.

— Je devrais peut-être aller lui..., commença Alex.

Il fut interrompu par une voix d'homme tonitruante :

— Buffy !

Levant les yeux, il vit Rupert Giles se diriger vers eux. Pour changer un peu, le bibliothécaire était vêtu de tweed de la tête aux pieds.

— Buffy, je peux te dire un mot ?

La jeune fille haussa les épaules.

— Une phrase entière, même.

Giles fronça les sourcils.

— Ah. Je vois, lâcha-t-il au bout de quelques secondes, le temps de comprendre la plaisanterie. En fait...

Il se figea, le regard rivé sur un point, derrière le trio. Pivotant, Alex vit Mlle Calendar qui se dirigeait vers sa salle de cours en bavardant avec un élève.

Puis elle leva les yeux et les aperçut.

Il sembla à Alex que la température baissait brutalement de dix degrés, et qu'une vague de froid venant de Buffy les enveloppait tous. La jeune fille se tendit.

— Rupert, salua enfin Mlle Calendar au terme d'un silence gêné.

— Mlle Calendar, répondit Giles avec raideur.

Un autre silence embarrassé. Alex se dandina d'un pied sur l'autre, souhaitant être n'importe où mais ailleurs...

Depuis que l'ex-petite amie de Giles avait révélé ses liens avec la tribu de gitans responsable de la malédiction qui pesait sur Angel, la Tueuse et son Observateur lui avaient tourné le dos avec une unanimité dont ils n'étaient guère coutumiers.

— Je suis contente de vous rencontrer, dit enfin Mlle Calendar en triturant une mèche de ses cheveux noir corbeau. J'espérais que nous pourrions... Enfin... Vous avez une minute ?

— Pas pour le moment, répondit Giles. Je dois avoir une conversation avec Buffy.

La Tueuse se tourna vers Mlle Calendar.

Si elle avait des revolvers à la place des yeux, le cadavre d'un professeur d'informatique tomberait à nos pieds, songea Alex.

— C'est vrai, acquiesça-t-elle sur un ton sec. Allons-y.

Giles et Buffy s'éloignèrent ensemble.

Jusqu'à cet instant, Alex n'avait jamais véritablement compris le sens de l'expression « un silence à couper au couteau ».

Mlle Calendar jeta un regard navré à Willow, qui baissa la tête. Alex n'avait aucune idée de l'expression que lui-même pouvait bien avoir.

Finalement, la gitane/techno-païenne/professeur d'informatique soupira et s'en fut, ses talons claquant un peu plus fort que d'habitude sur le sol.

Alex expira. Il ne s'était pas avisé qu'il avait retenu son souffle pendant toute la scène.

On dirait que l'ambiance ne s'arrange pas...

Selon lui, Buffy en faisait un peu trop. D'accord, Mlle Calendar leur avait menti par omission. De là à la tenir responsable de ce qui était arrivé à Angel... Son amie exagérait peut-être un peu. Mlle Calendar lui servait de bouc émissaire parce qu'elle n'avait personne d'autre sur qui déchaîner sa colère et son chagrin.

Maintenant qu'Angel avait rejoint l'autre camp, ils allaient avoir besoin de tous les alliés possibles. Se mettre à dos quelqu'un qui avait les talents de sorcière de Mlle Calendar ne semblait pas une idée très judicieuse.

Mais qui fait encore preuve de bon sens depuis cette histoire ? Comme le dit Willow, l'amour, ça embrouille l'esprit.

Les deux jeunes gens gagnèrent en silence leur salle de cours.

Giles précéda Buffy dans la bibliothèque.

Des émotions bouillonnaient dans son cœur, mais il faisait de son mieux pour les contrôler. N'était-ce pas son rôle d'Observateur, après tout : mettre ses sentiments en veilleuse pour mieux épauler la Tueuse ?

Pour le moment, la Tueuse en question ne voulait plus avoir affaire à Mlle Calendar. Que Giles l'approuve ou non n'entrait pas dans l'équation, et ce qu'il éprouvait pour Jenny encore moins. Il était l'Observateur. Il avait un devoir à accomplir.

Et le tatouage de son bras gauche était là pour lui rappeler ce qui s'était produit la dernière fois qu'il avait voulu s'y dérober.

— Vous allez bien ? demanda Buffy.

Giles faillit éclater de rire, mais il se retint pour ne pas trahir son amertume.

— Moi ? Très bien, mentit-il.

Il se força à se rappeler pourquoi il avait voulu s'entretenir avec Buffy.

— C'est plutôt pour toi que je m'inquiète, avoua-t-il. Depuis la... métamorphose... d'Angel, je me suis intéressé à ses activités passées. Ses habitudes, sa façon de se nourrir, ce genre de choses.

— Et alors ? s'enquit Buffy.

— Aux alentours de la Saint Valentin, il semble porté sur les, euh... Les manifestations d'affection un peu brutales, expliqua Giles.

— Par exemple ?

Des images d'animaux torturés et de membres tranchés flottèrent dans l'esprit du bibliothécaire.

— Pas la peine d'entrer dans les détails, dit-il précipitamment.

— C'est si terrible que ça ? demanda Buffy en haussant les sourcils.

— Disons que ce serait mieux si tu évitais de sortir le soir pendant quelques jours. Je patrouillerai à ta place, histoire de garder un œil sur les activités vampiriques. Mieux vaut être trop prudent que pas assez...

Buffy exhala longuement.

— C'est un peu tard pour ça...

Pour une fois, Giles ne trouva rien à répondre.

CHAPITRE II

En règle générale, le vampire baptisé William – surnommé parfois Le Sanguinaire, mais plus souvent Spike à cause de sa coiffure en pétard – n'était pas très porté sur les cadeaux.

Cette année, il avait décidé de faire un effort à l'occasion de la Saint Valentin pour deux raisons. La première, c'était qu'il avait toujours aimé l'idée de célébrer un des plus sanglants massacres de l'histoire. La seconde, c'était que dans son état, un cadeau restait à peu près tout ce qu'il pouvait offrir à Drusilla.

Ça le rendait littéralement fou. Il était venu à Sunnydale pour trouver un moyen de rendre la santé à sa compagne. Celle-ci s'était remise des blessures encaissées à Prague, lors de l'attaque d'une foule en colère. Mais elle demeurait très faible, comme une voiture dont la batterie est à plat.

Spike avait finalement découvert un remède à sa langueur dans le Manuscrit du Lac, dérobé à la bibliothèque du lycée de Sunnydale. Il n'avait pas réussi à achever le rituel. Apparemment, ça avait suffi pour rendre ses forces à Drusilla.

Hélas, Buffy Summers – puisse-t-elle être maudite trois fois ! – avait encore fourré son nez dans leurs affaires. Elle lui avait fait tomber un orgue d'église sur la tête et l'avait abandonné dans le bâtiment en flammes.

En deux siècles d'existence, Spike avait rencontré beaucoup de Tueuses. Aucune n'avait réussi à lui infliger une égratignure. Il en avait même éliminé deux de ses propres mains.

Et il a fallu que cette garce blonde soit élue...

A présent, il souhaitait maintenir un maximum de distance entre Buffy et lui. Mais il était coincé sur une chaise roulante, avec des brûlures sur tout le corps et des jambes incapables de le soutenir. Ses blessures finiraient par guérir ; en attendant, il ne pourrait aller nulle part.

Pire encore, Angel était revenu.

Si quelqu'un avait posé la question à Spike six mois plus tôt, le vampire aurait été ravi à la perspective de retrouver son Sire égal à lui-même et de le voir rejoindre le troupeau des enfants de la nuit. Mais à présent...

Drusilla ouvrit l'écrin que lui avait remis Spike et écarquilla les yeux en découvrant le collier qui reposait à l'intérieur.

Un collier incrusté de rubis rouge sang, bien entendu.

— Il te plaît, poussin ? interrogea Spike.

Drusilla poussa un soupir de béatitude.

— Il est magnifique...

Spike sourit. Il ne vivait que pour ces moments-là.

— Ma bien-aimée mérite ce qui se fait de mieux...

Un bruit mouillé les interrompit, tandis qu'un cœur humain atterrissait négligemment sur la table.

Angel.

— Joyeuse Saint Valentin, Drusilla.

— Oooh, se pâma la femelle vampire, transportée d'extase. Angel, il est encore chaud !

Spike fulminait. Depuis son retour, Angel s'était donné beaucoup de mal pour le supplanter en tout, pour faire systématiquement mieux que lui.

Il était leur Sire à tous les deux, mais il avait rendu Drusilla folle avant de la transformer. Du coup, il se montrait très possessif envers elle...

Beaucoup plus que Spike ne l'aurait voulu.

— Je savais que ça te plairait, dit Angel avec un sourire carnassier. Je l'ai trouvé dans une petite boutique... A l'intérieur de la vendeuse, en fait.

Il remarqua le collier et s'en saisit.

— Joli, dit-il d'un air indifférent.

Il fit mine de le passer autour du cou de Drusilla.

— Laisse-moi t'aider...

Spike poussa sa chaise roulante jusqu'à eux.

— Je vais le faire, grogna-t-il entre ses crocs.

— Trop tard, répliqua Angel en ajustant le fermoir et en arrangeant les cheveux de Drusilla par-dessus.

En profitait-il pour caresser la nuque de la femelle vampire, ou Spike devenait-il paranoïaque ?

— Je sais bien que Dru a pitié de toi, continua Angel, mais reconnais que c'est plus facile quand je m'occupe d'elle.

Réfrénant son envie de répondre directement à cette attaque, Spike choisit de rappeler à son Sire un problème qu'il avait un peu trop tendance à oublier.

— Tu ferais mieux de t'occuper moins de Drusilla et un peu plus de la Tueuse avec laquelle tu fricotes.

Angel eut un sourire affectueux.

— Chère Buffy... Hum. Je cherche encore le meilleur moyen de lui témoigner mon affection.

C'était bien le problème d'Angel, songea Spike.

Le problème de la plupart des vampires, en fait : si préoccupés par les rituels et les traditions qu'ils en oubliaient qu'on pouvait résoudre les problèmes simplement, de façon efficace et directe.

— Pourquoi ne lui arraches-tu pas le cœur ? Ça ferait sans doute passer le message.

Angel secoua la tête.

— Ça manque de poésie.

— On peut arranger ça. (Spike tourna la tête vers Drusilla.) Trouve-moi quelque chose qui rime avec « cœur », poussin.

— Ne t'inquiète pas, répondit Dru en baissant un regard émerveillé vers celui que lui avait offert Angel. Angel a toujours su s'y prendre avec les filles.

C'est bien ce qui m'inquiète, songea Spike.

Buffy avait perdu le compte du nombre de calories qu'elle venait d'ingurgiter. Elle avait d'abord songé à faire un total dans sa tête, avant d'abandonner à la moitié de *La Guerre des Rose*, le premier film de leur double séance, qui devait être suivi par *Thelma et Louise*.

Quand arriva la scène où Susan Sarandon et Geena Davis ramassent un jeune auto-stoppeur (Brad Pitt en personne), Joyce Summers s'ébroua :

— Passe-moi les Malomars.

Buffy resta immobile.

— Impossible, je ne peux plus bouger.

— Tant mieux, soupira sa mère.

Buffy avait déjà vu *Thelma et Louise* des dizaines de fois. Mais jamais elle n'avait songé à établir un parallèle entre la transformation subie par le personnage de Geena Davis et celle qui s'était opérée en elle depuis qu'elle connaissait sa mission de Tueuse.

Elles étaient deux femmes forcées d'ouvrir les yeux sur le monde, de prendre conscience de leurs limites et de les transcender par la violence pour faire face à ceux qui voulaient leur peau...

Soudain, on frappa à la porte. Buffy tendit à sa mère le saladier de M&M's qui reposait encore sur ses genoux et, se relevant à grand-peine, alla ouvrir en traînant les pieds.

Mais il n'y avait personne sur le seuil.

Aussitôt, tous ses sens furent en alerte. Si ce genre de blague douteuse était monnaie courante à Los Angeles, ici, peu de gens ordinaires traînaient dans les rues après la tombée de la nuit.

Buffy referma la porte, tira le verrou et revint dans le salon.

Joyce avait disparu. *Thelma et Louise* continuait.

— Maman ?

Elle se rendit dans la cuisine, espérant que Joyce était allée se chercher à boire et ne voulant pas penser à ce que Giles avait refusé de lui dire au sujet des habitudes alimentaires d'Angel.

— Maman ?

Joyce n'était pas non plus dans la cuisine.

Buffy entendit alors claquer la porte de derrière. Elle sursauta et pivota sur elle-même.

Sa mère se dirigea vers elle, une longue boîte noire dans les bras.

— Buffy, c'est moi.

La jeune fille poussa un soupir de soulagement.

— Tu m'as fait peur.

— Je vérifiais juste la porte de derrière.

Joyce tendit la boîte à Buffy. On aurait dit un carton de fleuriste.

— Quelqu'un a déposé ça pour toi.

A l'intérieur reposaient une douzaine de roses rouges et une carte. Le mot « Bientôt » était écrit à côté du dessin d'une rose morte.

Oh, mon Dieu...

Assis à une table du *Bronze*, Alex se dandinait nerveusement sur sa chaise.

Cordélia n'était pas encore arrivée. A l'origine, ils devaient venir ensemble. Mais à la dernière minute, sa petit amie avaient décidé de le retrouver sur place.

Alex s'était réfugié près de Willow. Toutes les dix secondes, il sortait l'écrin de sa poche, jouait un peu avec et le rangeait jusqu'à la fois d'après.

Willow ne s'en aperçut pas : elle était trop occupée à dévorer Oz du regard. Son groupe, les Dingoes Ate My Baby, interprétait un morceau de rock pas mal du tout. Alex devait reconnaître qu'ils jouaient bien, et que leur nom était du tonnerre. Mais pour le moment, sa nervosité l'empêchait d'apprécier la musique à sa juste valeur.

— Oz a une super couleur de cheveux aujourd'hui, dit Willow.

Le guitariste ne cessait d'alterner entre son blond-roux naturel et le noir le plus bleuté ; tout le monde ignorait pourquoi.

— Je crois que je suis une groupic, avoua Willow, ravie.

Alex lui sourit. Même s'il n'était pas le plus grand fan d'Oz, ça lui faisait plaisir de voir sa meilleure amie aussi heureuse.

J'aimerais pouvoir en dire autant de moi. Mais que fiche donc Cordélia ?

Enfin, sa petite amie apparut. Elle regarda autour d'elle, sembla découragée par quelque chose et s'assit toute seule à une table.

Bizarre, songea Alex en rassemblant son courage.

Il répéta son petit discours une dernière fois, se leva et se dirigea vers la jeune fille.

Alors qu'il approchait, elle se leva.

Il mit quelques secondes à assimiler la longueur (ou plutôt l'absence de longueur) de sa robe rouge, et la façon dont elle la remplissait.

— Salut, dit-il enfin.

— Tes vêtements, lâcha Cordélia, ébahie. Tu es si élégant...

Alex portait une chemise gris clair, un pantalon noir et une veste de costume couleur charbon. Du moins selon Buffy. Lui-même ne voyait pas trop la différence avec le noir, mais il savait que la mode était une affaire de filles et il s'en était remis à son jugement.

— J'ai laissé Buffy m'habiller, avoua-t-il. (Puis, voyant l'expression de Cordélia :) Pas physiquement, bien sûr...

— Oh, parfait, lâcha sa petite amie, l'air ennuyé. Il fallait absolument que tu me rendes les choses plus difficiles, pas vrai ?

Je pense m'exprimer au nom de tout le monde en disant : « Hein ? », songea Alex, reprenant à son compte une des répliques de Buffy.

— D'accord, dit-il lentement. Le fait que je sois acceptable d'un point de vue esthétique te contrarie. J'en suis navré.

— Alex..., commença Cordélia.

— Non, laisse-moi finir.

Ça faisait des heures qu'il répétait son petit discours, et il n'allait pas se laisser couper l'herbe sous le pied maintenant. Il prit une inspiration, puis se lança.

— J'ai beaucoup pensé à nous ces derniers temps. Le pourquoi et le comment. Tu sais, un bisou par-ci, un bisou par-là... Une fois, deux fois, trois fois... On ne pourra pas éternellement mettre ça sur le compte des hormones.

« Je veux dire... ça n'est peut-être que ça. Mais peut-être pas. Peut-être que quelque chose en toi voit quelque chose de spécial en moi, et vice-versa. En tout cas, c'est ce que je pense.

Arrête les frais, songea-t-il, *tu es en train de te rendre ridicule. Va droit au but.*

— Donc...

Il lui tendit l'écrin.

Cordélia l'ouvrit.

— Oh, Alex, merci ! (Elle souleva le pendentif.) Il est très beau. (Puis elle le laissa retomber dans la boîte.) Je veux rompre, annonça-t-elle tout de go.

Alex réussit à ne pas hurler.

— D'accord. Ce n'est pas tout à fait la réaction que j'espérais, avoua-t-il piteusement.

— Je sais ; je suis désolée, dit Cordélia.

Pour une fois, elle avait l'air sincère.

— C'est juste que... Regarde-nous. Même si tu vois quelque chose de spécial en moi et vice-versa, on ne va pas du tout ensemble.

Une petite partie d'Alex avait vu venir le coup. Une vie entière à se faire rejeter et ridiculiser par la moitié de la population féminine de Sunnydale l'y avait préparé. Tôt ou tard, ça devait arriver.

Mais pourquoi ce soir ?

— D'accord, gronda-t-il, incapable de retenir sa colère. Tu sais quel jour est le plus approprié pour rompre avec quelqu'un ? N'importe lequel, sauf celui de la Saint Valentin ! Tu étais à court d'ironie dramatique ou quoi ?

— Je sais. Je ne voulais pas que ça se passe comme ça, s'excusa Cordélia.

En d'autres circonstances, Alex aurait été époustouflé par la sincérité de son ton.

Pas ce soir.

— Eh bien, bravo pour ta réussite ! cracha-t-il en tournant les talons et en sortant du *Bronze*.

L'avantage, c'est que les choses ne peuvent plus empirer.

CHAPITRE III

Alex ne dormit pas très bien cette nuit-là.

L'année précédente, quand il avait demandé à Buffy d'être sa cavalière pour le bal de fin d'année – la jeune fille ayant refusé –, il lui avait avoué : « Je ne supporte pas bien qu'on me repousse. Marrant : je devrais avoir l'habitude, depuis le temps. »

Mais ça ne lui avait jamais fait aussi mal, parce qu'aucune de ses relations jusque-là n'avait rencontré de succès, fût-ce modéré. Son histoire avec Ampata avait duré vingt-quatre heures avant de tomber littéralement en poussière, les autres n'ayant même pas été aussi loin.

Alors que Cordélia et lui, ça ne roulait pas exactement, mais ça cahotait plaisamment entre les ornières...

Aussi arriva-t-il en cours, le 15 février, avec un moral au plus bas.

Il n'avait pas prévu que la machine à ragots fonctionnerait de manière si efficace, et que la nouvelle se répandrait comme une traînée de poudre. La moitié du lycée était au *Bronze* quand la fille la plus populaire du campus l'avait plaqué, et elle l'avait raconté à l'autre moitié avant même le lever du soleil.

Les camarades d'Alex pouffèrent, ricanèrent, se moquèrent ou le désignèrent du doigt en éclatant de rire. Certains secouèrent la tête d'un air faussement navré. Un type qu'il ne connaissait pas l'apostropha dans le couloir :

— Pas de bol, mon vieux !

Puis il aperçut la fille qui allait lui sauver la vie une fois de plus : Buffy.

Enfin, songea-t-il, *quelqu'un qui me comprendra.*

— Tu ne devineras jamais ce qui m'arrive, commença Alex.

— Je ne peux pas te parler pour le moment, grogna Buffy. C'est Angel..., ajouta-t-elle en guise d'explication.

D'autres adolescents auraient pu se vexer de ce manque d'intérêt pour leurs problèmes, mais en fait, Alex fut ravi de cette diversion.

— Je peux t'aider ? proposa-t-il, avide.

De toute façon, il avait toujours détesté Angel.

— Non, ça ira, dit Buffy en le plantant là pour se diriger vers la bibliothèque.

Alex poussa un gros soupir.

Poursuivant son chemin, il découvrit Cordélia et quatre de ses groupies décolorées assises sur un banc devant l'entrée des toilettes. En général, il n'arrivait pas à distinguer ces idiotes les unes des autres.

C'est Harmony ou Julianne qui est à sa droite ?

Le visage de la fille lui disait vaguement quelque chose : c'était celle qui s'était fait attaquer par la dingue invisible l'année précédente.

Harmony, donc.

Celle-ci fut d'ailleurs la première à prendre la parole.

— Alex ! Tu devrais apprendre une deuxième langue. Comme ça, tu pourrais te faire plaquer par plus de filles !

Elles éclatèrent de rire, à l'exception de Cordélia qui évita le regard d'Alex. Loin de le réconforter, cela le déprima encore davantage.

Le jeune homme s'éloigna et repéra une seconde sauveuse potentielle.

Amy Madison.

Aussitôt, un plan commença à naître dans sa tête. Remerciant les dieux qui lui avaient permis d'être témoin du petit tour de passe-passe effectué la veille au détriment de Mlle Beakman, il se dirigea vers l'apprentie-sorcière.

Alex prit Amy par le bras et l'entraîna dans un coin.

— Qu'est-ce que tu fais ? protesta la jeune fille, indignée.

— Amy, je suis ravi de te voir, déclara Alex. (Puis, les politesses expédiées :) Tu es une sorcière, pas vrai ?

Sa camarade éclata d'un rire forcé.

— Tu dois confondre avec ma mère...

— Non, je pense plutôt qu'elle a dû te transmettre ses pouvoirs, à défaut de ses talents de pom-pom girl. Je t'ai vue ensorceler Mlle Beakman. Je devrais peut-être en parler à quelqu'un...

C'est là qu'on va voir si elle me prend au mot.

En réalité, Alex n'avait pas la moindre preuve, Giles mis à part, il doutait fort qu'un membre du corps enseignant accepte de le croire s'il dénonçait Amy.

Mais il comptait sur trois choses : *primo*, Amy savait ce dont Buffy était capable. *Secundo*, elle devait à Giles d'avoir retrouvé son corps. *Tertio*, lui-même était très lié avec les deux personnes susnommées.

— Tu ne... ferais pas une chose pareille, hoqueta Amy.

— « Chantage » est un si vilain mot, la réprimanda Alex.

La jeune fille fronça les sourcils.

— Je ne l'ai pas prononcé...

— Oui, mais je sens que ça va venir quand tu auras entendu la suite. Alors, je préfère prendre les devants.

— Qu'est-ce que tu veux ?

— Ce que je veux ? Qu'on me témoigne un peu de respect, pour changer. Que ce soit moi qui gagne de temps en temps. Que la Bouche de l'Enfer opère en ma faveur cette fois. Toi et moi, on va faire un peu de magie.

— De quel genre ? demanda Amy, inquiète.

Plusieurs lycéens se dirigeaient vers eux. Alex pensa qu'il serait mieux de se montrer discrets. Il entraîna

Amy dans une salle de cours vide, referma la porte et répondit :

— Un sortilège d'amour pour Cordélia.

— Un sortilège d'amour ?

— Oui, tu sais, le truc de base : qu'elle ne puisse plus manger, ni dormir, ni même respirer tant elle sera obsédée par moi...

Amy secoua la tête.

— C'est la chose la plus difficile à réaliser. Faire en sorte que quelqu'un t'aime pour l'éternité...

— Ouah, une minute ! Qui a parlé de l'éternité ? Je ne vais pas passer le reste de ma vie à écouter des commentaires sur les différentes marques d'auto-bronzant !

Amy fronça les sourcils.

— Dans ce cas, je ne te comprends pas. Si tu n'as pas envie d'être avec elle pour toujours, quel intérêt ?

— L'intérêt, c'est que je veux qu'elle me veuille. Désespérément ! Histoire que je puisse rompre avec elle et lui faire subir l'enfer que je vis depuis hier soir.

Amy frémit.

— Ce n'est pas une bonne idée. Pour les sortilèges d'amour, il faut avoir des intentions pures.

— Mon intention de me venger est aussi pure que la neige fraîchement tombée. Alors, vas-tu m'aider ou dois-je parler à Mlle Beakman de tes copies invisibles ?

Amy soupira.

— Je vais avoir besoin de quelque chose qui lui appartienne, dit-elle en capitulant. Un objet personnel.

Alex sourit. Il avait ce justement ce qu'il fallait.

Buffy fonça à la bibliothèque, où elle découvrit Giles assis en train de lire un de ses bouquins poussiéreux.

Quelle surprise...

Elle se dirigea vers lui et, sans un mot, laissa tomber sur la page ouverte la carte trouvée dans le carton de fleurs. Giles sursauta.

Parfait. Il mérite d'avoir peur, songea Buffy, vengeresse.

Toute la nuit, elle s'était interrogée sur ce qu'il avait refusé de lui dire au sujet d'Angel. A présent, elle était bien déterminée à lui arracher des réponses.

— « Bientôt » quoi, Giles ? Vous ne m'aviez jamais rien caché jusqu'à ce que mon ex-petit ami se change en monstre.

— D'où vient cette carte ? demanda le bibliothécaire.

— Angel a fait comme dans la publicité : il me l'a dit avec des fleurs. Ce n'est pas le moment d'essayer de me protéger ! Je suis une grande fille, et je ne peux pas me préparer à affronter une chose dont j'ignore tout.

Giles hocha la tête.

— Bien sûr. Assieds-toi.

Il se leva et alla dans son bureau, sans doute pour y chercher d'anciens Journaux d'Observateur.

Cordélia était contente que les choses soient revenues à la normale.

Jusque-là, sa journée s'était bien passée. Elle avait conseillé Gwen sur la meilleure façon de rompre avec John sans se faire exclure du Club de Débats, convaincu Dori de ne plus porter sa barrette en forme de papillon, aussi démodée d'un Dolce & Gabana de l'année précédente, et descendu en flammes l'intervenant extérieur qui était venu leur faire un cours de biologie.

La seule chose qui la chiffonnait, c'était que tout le monde se moque d'Alex.

Elle n'avait besoin de personne pour vanner les nazes à sa place. D'ordinaire, ses groupies se contentaient de l'imiter ; elles ne prenaient pas d'initiatives fâcheuses.

En outre, Cordélia ne voyait pas l'intérêt de frapper Alex pendant qu'il était à terre. Ce n'était pas comme avec Mitch, Devon et les autres, qui méritaient d'être tournés en ridicule après qu'elle eut rompu avec eux. A l'inverse de ses prédécesseurs, Alex n'avait pas commis l'erreur de ne pas s'intéresser suffisamment à elle.

Il était plutôt gentil, mais ça ne pouvait pas marcher entre eux, voilà tout. Le genre de vérité qu'il fallait admettre avant de passer à autre chose.

Et personne n'avait jamais montré Mitch du doigt ou gloussé sur le passage de Devon.

Mais ce n'était qu'un inconvénient mineur. Pour le reste, la vie de Cordélia était redevenue comme avant, et la jeune fille se sentait ravie.

Jusqu'à ce qu'elle voie Alex se diriger vers elle.

Elle voulut faire demi-tour, mais les grandes jambes maladroites du jeune homme travaillaient en sa faveur, et il eut tôt fait de la rattraper.

— Ne t'illusionne pas, dit-il froidement, je ne vais pas te faire de scène. Je veux juste récupérer le pendentif.

Cordélia en resta bouche bée.

— Quoi ? Je croyais que c'était un cadeau.

— Hier soir, c'était un cadeau, la détrompa Alex. Aujourd'hui, ce n'est plus qu'un bout de métal que je songe à faire fondre pour mes plombages, ou un truc dans le genre.

— Tu es pathétique, lâcha Cordélia, éberluée.

Et elle le pensait. Les autres avaient peut-être raison, en fin de compte. Comment pouvait-il songer à lui reprendre le pendentif ? Etait-il si mesquin ?

Que l'école entière se moque de lui n'était pas une raison pour la punir !

— Il n'est pas question que je vienne grossir la collection des souvenirs amoureux de Cordélia Chase, répliqua Alex.

Ça, c'était le pompon. Elle n'arrivait pas à croire qu'il se comporte de la sorte.

— Il est dans mon casier, déclara-t-elle pour gagner du temps.

— Pas grave : j'attends ici, dit fermement Alex.

Furieuse, la jeune fille se dirigea vers la longue rangée de placards métalliques adossés au mur et ouvrit le sien en grand, pour que la porte la dissimule au regard d'Alex.

En règle générale, Cordélia ne portait pas de chemisier. Et quand ça lui arrivait, elle évitait de le boutonner jusqu'au col. Elle avait toujours été très fière de son décolleté, et ne voyait aucune raison de ne pas en faire profiter le reste du monde.

Aujourd'hui, pour une fois, elle avait fermé jusqu'au menton sa chemise rayée bleu et blanc : c'était le seul moyen de porter le pendentif sans que personne s'en aperçoive.

Cordélia glissa deux doigts à l'intérieur et repêcha le petit cœur en argent.

Beaucoup de garçons lui avaient fait des cadeaux. La plupart du temps, comme ils n'avaient pas de goût, c'était des choses laides ou inutiles, destinées à lui montrer qu'ils tenaient à elle et étaient prêts à dépenser de l'argent pour le prouver.

Ce pendentif était différent : le plus joli cadeau qu'on lui ait jamais fait.

Et ça la rendait folle qu'Alex veuille le récupérer !

Otant la chaîne de son cou, elle referma violemment la porte de son casier, se dirigea à grands pas vers le jeune homme et lui fourra le pendentif dans la main.

— Tiens ! Heureusement qu'on a rompu. Comme ça, je n'ai pas besoin de faire semblant de l'aimer.

Prends-toi ça dans les dents !

Si Alex se sentit insulté, il ne le manifesta pas. Il semblait beaucoup trop en colère. Cordélia ne l'avait jamais vu dans un tel état.

Tant pis pour toi. Si tu veux jouer avec mes sentiments, tu devras en payer le prix.

Ils repartirent dans des directions opposées.

Cordélia était désormais convaincue qu'elle avait bien fait de plaquer ce naze revanchard.

Alex avait espéré qu'Amy se contenterait d'agiter sa baguette magique au-dessus du collier en disant « Bim sallah bim » ou un truc dans le genre, et que ça s'arrêterait là.

Pas de bol.

Après la tombée de la nuit, ils s'étaient glissés dans un des laboratoires de chimie du lycée. Amy avait tracé le symbole féminin en rouge sur le sol, puis ordonné à Alex d'ôter sa chemise afin de lui faire trois autres gribouillis sur la poitrine : des lettres mystiques, selon elle.

Enfin, elle lui avait remis une grosse bougie et demandé de l'allumer avant de s'asseoir en tailleur au centre du symbole.

Pourquoi un laboratoire de chimie ? Parce que c'était le seul endroit du lycée où on pouvait faire bouillir l'eau où Amy plongea les herbes odorantes indispensables au fonctionnement de son sortilège.

Alex se sentait mal à l'aise sans sa chemise. Il ne cessait de jeter des regards furtifs à la bougie posée dans son giron, craignant que de la cire chaude ne dégouline sur sa peau nue. La petite flamme était la seule source de lumière de la pièce.

Debout devant le récipient d'eau bouillante, Amy tendit le pendentif de Cordélia à bout de bras et déchiffra une incantation dans un livre qui, comparé aux bouquins de Giles, semblait neuf.

— Diane Chasseresse, déesse de l'amour, je t'implore, déclama la jeune fille. Que mes appels touchent le cœur de la bien-aimée d'Alex. Puisse-t-elle perdre le sommeil, le boire et le manger jusqu'à ce qu'elle se soumette à sa volonté.

Amy laissa tomber le pendentif dans le breuvage qu'elle venait de concocter. Une épaisse fumée rouge monta du récipient, projetant des ombres sinistres sur son visage.

— Diane ! Suscite et bénis son amour !

La jeune fille tremblait de tous ses membres.

— Souffle la bougie ! Vite ! cria-t-elle.

Alex obéit et l'obscurité tomba sur la pièce.

— Super, déclara-t-il au bout d'un moment. Et je suis sincère ! Un sortilège formidable. Maintenant, je peux remettre ma chemise ?

Le lendemain, il alla au lycée, prêt à entendre les serments d'amour éternel de Cordélia. Sa petite amie allait le supplier de lui pardonner, de sortir à nouveau avec elle.

Il refuserait !

Alex avait préparé un petit discours bien supérieur au bafouillage minable qui accompagnait la remise du pendentif. Ce serait son heure de gloire, son plus grand triomphe.

Mais commençons par le commencement, songea-t-il.

Il découvrit Cordélia assise en compagnie de ses groupies, et se rapprocha d'elles en prenant un air dégagé.

D'une seconde à l'autre, elle va se jeter à mes pieds en pleurant.

D'une seconde à l'autre.

Il ne faudrait pas que ça tarde trop non plus...

Mais Cordélia continua à parler avec ses amies. Après avoir jeté plusieurs regards en coin à Alex, elle n'y tint plus.

— Quoi encore ? cria-t-elle.

— Bonjour, mesdemoiselles, dit Alex avec son sourire le plus charmeur. (Du moins l'espérait-il.) Il fait vraiment beau, vous ne trouvez pas ?

— Qu'est-ce que tu veux ? demanda Cordélia. Je n'ai plus de bijou à te rendre, maintenant que tu as repris ce truc trouvé dans une pochette-surprise. Il va falloir que tu te rabattes sur autre chose pour tes plombages.

Alex sentit son univers s'écrouler.

Elle ne suit pas du tout le scénario de Filtre d'Amour, *prise n° 9.*

Il se pencha vers la jeune fille.

— Serait-ce ça l'amour ? Parce qu'avec toi, c'est assez difficile à dire.

Cordélia n'arrivait pas à croire qu'Alex lui ait infligé une humiliation pareille.

Et encore moins qu'il envahisse son espacc personnel de la sorte. Sauf quand il l'embrassait, elle n'aimait déjà pas ça à l'époque où ils sortaient ensemble ; alors, maintenant...

Le repoussant, elle demanda :

— Qu'est-ce que tu fabriques ? Tu n'as pas l'intention de me suivre comme un toutou, quand même ?

Alex se racla la gorge, l'air abattu.

— Hum. Désolé. J'ai fait une erreur.

— Pas autant que moi !

Le jeune homme se détourna et s'éloigna.

Cordélia fit face à Harmony.

— Je me demande ce qui lui a pris...

Mais son amie suivait Alex du regard tandis qu'il battait en retraite, la queue entre ses magnifiques jambes musclées.

— Je ne sais pas, avoua-t-elle. Il a coupé ses cheveux ou quoi ? Je le trouve plutôt pas mal...

Cordélia en resta bouche bée.

— Tu le trouves plutôt quoi ?

CHAPITRE IV

Après la fin des cours, Alex s'aventura jusqu'à la bibliothèque. Sa journée n'avait pas été aussi terrible que celle de la veille, mais elle atteignait quand même 9,5 sur le Craignomètre.

Après s'être rabaissé jusqu'à faire chanter Amy, puis s'être assis à moitié nu sur le sol d'un labo de chimie, le torse couvert de peinture rouge et de la cire brûlante dégoulinant sur son entrejambe, il s'était quand même fait jeter par Cordélia.

Sa seule consolation, c'était que les autres se moquaient moins de lui. Les garçons continuaient, mais pas une fille n'avait gloussé sur son passage. C'était toujours ça de gagné...

Cette fois, songea Alex en poussant un soupir, *je crois que les choses ne peuvent plus empirer.*

— Ah, en voici un autre, déclara Giles en tapotant de l'index un passage des Journaux d'Observateur. Le jour de la Saint Valentin, Angel a crucifié un petit chien sur...

— C'est bon, coupa précipitamment Buffy.

— Mais...

— Je ne veux pas savoir. Je n'ai pas de petit chien. Continuez.

— Tu as raison, admit Giles en refermant le carnet et en se levant. Je vais chercher le reste.

Alors qu'il se dirigeait vers son bureau, Alex s'approcha de Buffy.

— J'ai un plan : on pourrait m'utiliser comme appât, suggéra-t-il, l'air sombre.

Buffy fronça les sourcils.

— Tu veux dire, faire en sorte qu'Angel te pourchasse ?

— Non, je veux dire me découper en petits morceaux et les embrocher sur des hameçons pour attirer les poissons, parce que ce serait toujours plus drôle que ma vie...

Buffy hocha la tête d'un air compatissant.

— Oui, j'ai entendu dire que Cordélia t'avait largué. Tant pis pour elle.

— Ce n'est pas la théorie la plus répandue au lycée, avoua Alex.

Buffy se leva et le regarda d'une façon étrange.

— Tu sais ce qui me ferait plaisir ? Qu'on sorte ensemble ce soir. Rien que nous deux.

— Vraiment ? s'étonna le jeune homme.

— Oui. On pourrait se réconforter mutuellement, suggéra Buffy.

Alex sourit.

— Est-ce qu'un strip-tease aurait sa place dans ton scénario ? Parce que je trouverais ça vachement réconfortant.

Il avait parlé sur le ton de la plaisanterie. De toute façon, il passait le plus clair de son temps à plaisanter. C'était sa manière de gérer les aléas de la vie.

Il ne s'attendait donc pas à recevoir une réponse sérieuse.

Pourtant, Buffy se pencha vers lui et laissa courir ses doigts sur sa poitrine.

— Si tu sais t'y prendre...

Quelqu'un a remplacé Buffy par un clone, songea Alex.

— Euh... Tu sais qui je suis, pas vrai ?

La jeune fille se colla contre lui.

— Bien sûr. C'est drôle, mais quand j'ai appris que Cordélia t'avait plaqué, j'ai été surprise par la joie que j'ai ressentie. Parfois, on voit les gens tous les jours mais on ne les regarde pas vraiment...

Je suis mort et monté au ciel, se réjouit Alex.

— Très drôle, acquiesça-t-il. A la limite de l'hilarant.

Buffy ouvrit la bouche pour dire quelque chose, mais elle fut interrompue par l'arrivée d'Amy, qui semblait plutôt nerveuse.

— Alex, je peux te parler une minute ?

Le premier réflexe du jeune homme fut de lui dire d'aller se faire pendre, mais il n'aurait pas été poli de rabrouer quelqu'un qui avait jeté un sortilège d'amour pour lui, même si ça avait raté.

Et vu la façon dont se comporte Buffy, c'est peut-être mieux ainsi.

— D'accord, dit-il à la sorcière blonde. (Puis, se tournant vers la Tueuse :) Je reviens tout de suite. Surtout, ne change pas d'avis.

Buffy lui fit un sourire charmeur.

Alex suivit Amy hors de la bibliothèque. Dès que la porte fut refermée derrière eux, la jeune fille déclara :

— Je crois que le sort n'a pas fonctionné comme il faut.

— Il a complètement foiré, tu veux dire. Mais ça n'a pas d'importance, répondit Alex, magnanime.

Jetant un coup d'œil par la vitre, il vit que Buffy ne le quittait pas du regard. Giles était revenu et lui lisait sans doute un autre extrait du Guide des Techniques de Chasse d'Angel. Mais la Tueuse l'ignorait superbement.

— On pourrait essayer une deuxième fois, suggéra Amy. Je ne maîtrise pas encore bien mes pouvoirs.

— Ce n'est pas grave, lui assura Alex, qui voulait finir cette conversation au plus vite pour retourner près de Buffy.

Maintenant qu'elle s'était aperçue qu'ils étaient faits l'un pour l'autre, pas question qu'il la laisse changer d'avis.

— Tu sais quoi ? Recourir aux forces des ténèbres était très vilain. J'ai bien retenu la leçon, et je dois y aller...

Mais Amy n'en avait pas terminé.

— Nous ne sommes pas obligés de fairc de la magie. Nous pourrions juste traîner un peu ensemble.

— Pas de problème, répondit Alex, distrait. (Puis, réalisant ce qu'elle venait de dire :) Hein ?

— Eh bien... Ça m'a plu de passer du temps avec toi hier, déclara Amy. Tu es si gentil ! C'est bizarre : parfois, on voit les gens tous les jours...

Alex sentit le sang refluer de son visage.

— Mais on ne les regarde pas vraiment ? acheva-t-il.

— Tout à fait, acquiesça Amy avec un sourire.

Alex jeta un nouveau coup d'œil vers la bibliothèque.

Oh, mon Dieu.

Amy et Buffy avaient exactement la même expression fascinée.

J'aurais dû m'en douter. Il n'est pas permis que les choses marchent bien pour moi. Je suis sûr qu'il existe une règle écrite quelque part : tu ne tueras point, tu ne commettras point l'adultère et tu ne laisseras pas la vie d'Alexandre Harris devenir supportable. Jamais et sous aucun prétexte !

— Bref, fit Amy, je pensais que ce serait sympa de...

— Bonjour, Alex, dit une voix féminine.

Pivotant, le jeune homme découvrit une des groupies de Cordélia – Kimberley ? Non, Katie – qui le dévisageait avec adoration. Elle arborait la coupe au bol populaire dans les années 50. Pour une raison qui échappait totalement à Alex, cette horreur était de nouveau en vogue.

— Euh... Oui ?

— Tu es dans le cours d'histoire de M. Baird, n'est-ce pas ? Je pensais qu'on pourrait peut-être étudier ensemble un soir.

Katie lui fit le même sourire que les deux autres.

C'est mauvais. Très mauvais, même.

— Ça ne te dérange pas de nous interrompre ? cria Amy. On était en train de parler !

Alex éprouva un furieux besoin de s'éloigner de toute la population féminine de Sunnydale.

— Il faut vraiment que j'y aille, dit-il très vite, prenant congé des deux adolescentes.

Alors qu'il sortait du lycée, plusieurs de ses camarades lui adressèrent le même sourire. Des filles qui ne lui auraient même pas donné l'heure la semaine précédente, et dont le regard semblait maintenant lui lancer une ardente invitation.

Quand il arriva chez lui, la maison était vide. Il n'en fut guère surpris : ses parents ne rentreraient pas du travail avant deux bonnes heures. Autrement dit, il pouvait se barricader dans sa chambre et chercher un moyen de réparer la dernière catastrophe qu'il venait de provoquer malgré lui.

Alex referma la porte. Il n'avait qu'une envie : se laisser tomber sur son lit et ne penser à rien pendant quelques minutes.

Mais son plan fut contrarié par la présence d'un corps sous les draps.

Vivre sur la Bouche de l'Enfer fournissait à l'imagination naturellement fertile d'Alex une tonne d'idées sur les objectifs de la chose qui se tapissait dans sa chambre. Aussi fut-il presque soulagé en découvrant qu'il s'agissait de Willow.

Presque.

Alex fit un bond en arrière quand son amie sortit la tête des couvertures.

— Désolée, s'excusa-t-elle. Je voulais te faire une surprise.

Elle ne ressemblait pas du tout à la Willow de d'habitude. En fait, elle ressemblait plutôt à...

A Buffy, Amy et Katie.

— Bravo, la félicita Alex. C'est très réussi.

— Ne sois pas si étonné. J'ai déjà dormi dans ton lit, lui rappela Willow.

— Oui, mais à l'époque, on portait encore des grenouillères, fit remarquer Alex.

La jeune fille s'assit, et il remarqua qu'elle avait enfilé une de ses chemises.

— Tu sais, Alex, j'ai réfléchi, annonça-t-elle.

Oh, non. Pas encore la tirade sur les gens qu'on voit tous les jours, songea le jeune homme.

— Will, je sais à quoi tu penses, mais c'est entièrement ma faute. J'ai jeté un sort, et il s'est plus ou moins retourné contre moi.

— Depuis combien de temps sommes-nous amis ? demanda la jeune fille.

Génial : elle n'a pas écouté un mot de ce que je lui ai dit.

— Très longtemps. Trop longtemps pour y changer quoi que ce soit.

— Les relations entre garçons et filles changent en permanence. Certains s'éloignent, d'autres se rapprochent...

Même la voix de Willow avait un son étrange.

— Nous sommes déjà très proches, balbutia Alex. Ce niveau de proximité me convient très bien. En fait, je pourrais même reculer de quelques pas et me sentir encore plus à l'aise.

Il battit en retraite vers la porte.

— Comme ça...

Willow se leva et se dirigea vers lui en défaisant les boutons de sa chemise. Alex ne put s'empêcher de remarquer qu'elle ne portait rien dessous.

— Je veux que tu sois le premier.

— Le premier de la classe, hein ? Dis-moi que tu parles de cours de rattrapage, supplia le jeune homme.

Willow le plaqua contre la porte.

— Chut. Nous savions tous les deux que ça finirait par arriver un jour.

— Ce n'est pas que je ne te trouve pas sexy, commença Alex.

— C'est à cause d'Oz, alors ? Ne t'inquiète pas pour ça. Il est gentil, mais il n'est pas toi, chuchota Willow.

Alex se raccrocha à cette idée.

— Bien sûr que si ! Et tu devrais aller le retrouver, justement parce qu'il est moi.

Willow ne répondit pas, se contentant de lui mordiller l'oreille.

Cette fois, c'est certain, quelque chose cloche.

Willow était le genre de fille qui, enfant, jouait au docteur... en lisant des dictionnaires médicaux pour diagnostiquer les maladies.

Il la repoussa avec maladresse.

— Ça suffit. J'en ai assez. Il est temps pour moi de me conduire comme un homme. Et d'aller me planquer.

Sur ces mots, il sortit en courant.

Le matin du 17, Cordélia se rendit à l'école en espérant une autre journée ordinaire. Les choses étaient presque revenues à la normale depuis qu'elle avait vaincu le virus qui lui avait fait penser que sortir avec Alex Harris serait une bonne idée.

Aussi fut-elle stupéfaite en constatant qu'Harmony, Katie, Laura et Dori lui battaient froid.

Elle crut d'abord que c'était une plaisanterie.

— Qu'est-ce que j'ai encore fait, porté du violet avec du rouge sans m'en apercevoir ? leur lança-t-elle.

Harmony la foudroya du regard.

— Tu sais très bien ce que tu as fait. Alex a du chagrin à cause de toi.

Sous le regard ébahi de Cordélia, les filles firent mine de s'éloigner.

— Vous délirez ou quoi ? C'est vous qui avez voulu que je le plaque.

— Il faudrait être folle pour laisser filer un garçon comme Alex, quoi que les autres puissent en penser.

Tournant les talons, le quatuor s'en fut, abandonnant une Cordélia stupéfaite.

Elle n'arrivait pas à y croire.

— Mais qu'est-ce qu'il faut pour vous faire plaisir, à la fin ? s'exclama-t-elle.

CHAPITRE V

Si quelqu'un avait dit à Alex que le jour le plus infernal de sa courte vie serait celui où toutes les filles du lycée de Sunnydale le poursuivraient de leurs assiduités, il aurait envoyé chercher les hommes en blouse blanche.

Pourtant, après toutes les aventures qu'il avait vécues depuis l'arrivée de Buffy, le jeune homme aurait dû mesurer la sagesse universelle du dicton : « Attention à ce que vous souhaitez, car ça pourrait se réaliser. »

Il suffisait pour s'en convaincre de repenser à sa soi-disant soirée de rêve avec Mlle French...

Le 17 février, on lui fit plus d'œillades enamourées que pendant les dix-sept ans qui avaient précédé. Et il entendit cinquante fois la fameuse phrase sur les « gens qu'on voit tous les jours »...

Le pire, c'était la façon dont les autres garçons le foudroyaient du regard. Un regard qui voulait dire : « Je vais te tuer ». Celui que Rodney Munson lui avait jeté tous les matins pendant cinq ans pour signifier qu'à la sortie des cours, Alex lui servirait de punching-ball.

A la fin de la journée, le jeune homme n'en pouvait plus. Il avait tenté de convaincre Amy d'annuler son sortilège, mais sa camarade n'avait pas écouté un mot de son discours, préférant déblatérer sur la petite étincelle qui dansait dans ses yeux.

Alex fit la seule chose encore possible.

Il courut chez Giles.

— Oui, que se passe-t-il ? demanda l'Observateur quand il fit irruption dans la bibliothèque.

Il avait l'air inquiet : visiblement, l'agitation d'Alex se lisait sur son visage.

— Je suis venu implorer votre miséricorde, déclara le jeune homme.

— Pourquoi ? s'étonna Giles.

Alex prit une inspiration et se lança.

— J'ai fait une grosse bêtise. Ayant découvert qu'Amy s'adonnait à la sorcellerie, et comme j'étais vexé de m'être fait plaquer, je lui ai demandé de jeter un sort à Cordélia.

« Mais elle a dû se planter quelque part, parce que toutes les filles de Sunnydale me courent après. Et même si ça m'ennuie de le reconnaître, je crains que mon charme naturel n'y soit pas pour grand-chose...

— Rupert, il faut qu'on parle, coupa une voix féminine.

Se retournant, Alex vit que Mlle Calendar venait d'entrer.

— Salut, Alex, dit-elle d'un ton distrait en passant près de lui.

Elle s'approcha de Giles, puis se figea et se retourna vers le jeune homme.

— Jolie chemise, le complimenta-t-elle avant de s'intéresser de nouveau au bibliothécaire. Ecoutez, Rupert, je sais que vous êtes fâché contre moi, et je ne peux pas vous en vouloir. Mais je refuse d'abandonner. Je tiens beaucoup trop à vous pour...

Elle s'interrompit et se tourna vers Alex.

— Tu t'es mis à la musculation ? demanda-t-elle en lui tâtant les biceps.

Le jeune homme désigna Mlle Calendar du menton et jeta à Giles un regard qui signifiait : « Vous voyez ce que je veux dire ? ».

Le bibliothécaire n'avait pas eu l'air convaincu par son petit discours, mais la vue de son ex-petite amie se pâmant devant Alex sembla avoir raison de ses doutes. Il pâlit.

Saisissant Mlle Calendar par le bras pour l'arracher à Alex, il souffla d'une voix basse et menaçante :

— Je n'arrive pas à croire que tu sois assez stupide pour avoir fait une chose pareille.

— Oh, répondit le jeune homme, résigné, je suis *deux fois* plus stupide que ça.

— Amy a-t-elle tenté d'annuler son sort ?

— J'ai essayé de lui parler, mais tout ce qui l'intéresse, c'est de choisir une destination pour notre lune de miel.

— Rupert, intervint Mlle Calendar, j'aimerais parler à Alex en tête-à-tête.

Elle aussi arborait le fameux sourire.

— As-tu la moindre idée de la gravité de la situation ? insista Giles, toujours à voix basse.

Alex aurait encore préféré que le bibliothécaire l'insulte, plutôt que de le regarder avec cet air déçu.

— Les victimes d'un sortilège d'amour peuvent devenir très dangereuses. Elles perdent toute faculté de raisonnement. Si ce que tu racontes est vrai, et que toute la population féminine de Sunnydale est affectée...

Giles se tut, puis déclara fermement :

— Ne sors pas de la bibliothèque. Je vais voir Amy...

Il fit mine de sortir, se ravisa, saisit Mlle Calendar par le bras et l'entraîna avec lui.

La jeune femme eut l'air très contrarié.

Resté seul, Alex décida de ne pas prendre de risques et poussa devant la porte le classeur vertical qui contenait les fiches d'emprunt. Pour la première fois, il était reconnaissant à Giles d'avoir résisté aux supplications de Mlle Calendar, qui aurait voulu lui faire adopter un catalogue informatique comme le faisaient tous les autres établissements scolaires.

Super. Maintenant, je suis en sécurité.

Puis Buffy entra, contournant le classeur.

Débile, débile, débile. Une barricade ne fonctionne que si une porte ne s'ouvre pas dans les deux sens.

— Enfin seuls, déclara la jeune fille.

Elle portait un imperméable noir et des chaussures à talons hauts. Mais apparemment, rien d'autre en dessous.

— Buffy ! s'exclama Alex en tentant de maîtriser les battements de son cœur. Tu as failli me donner une attaque...

— Oh, je vais te donner beaucoup plus que ça, promit son amie.

Alors qu'elle s'approchait de lui, Alex recula jusqu'à trébucher sur les marches de l'escalier de la mezzanine.

Buffy entreprit de défaire le nœud de sa ceinture.

— Pour l'amour de Dieu, n'enlève pas cet imperméable, supplia Alex.

— Allons, le taquina la jeune fille. On donne une soirée en ton honneur ; ne vas-tu pas ouvrir ton cadeau ?

— Ce n'est pas l'envie qui m'en manque, crois-moi. (*Ça non !* ajouta-t-il mentalement). Parfois, la très vague possibilité que tu acceptes de sortir avec moi un jour est tout ce qui m'a donné la force de continuer à vivre. Mais pas maintenant, pas comme ça.

« Tu n'es pas dans ton état normal. Tu te conduis ainsi à cause d'un sortilège. Si je te pensais un tant soit peu sincère, je sauterais sur l'occasion sans me faire prier, et tu n'as pas idée à quel point ça me rendrait heureux. Mais ce n'est pas le cas, donc je n'en ferai rien.

Je n'arrive pas à croire que je viens de dire ça...

Le sourire s'effaça du visage de Buffy. Ç'aurait été une bonne chose, s'il n'avait pas été aussitôt remplacé par un rictus.

Alex avait déjà vu la Tueuse en colère : elle serrait les mâchoires d'un air déterminé et pinçait les lèvres. Quand elle avait pulvérisé les restes du Maître ou découpé Mlle French en petits morceaux, son regard disait clairement : « Je suis la Tueuse, et tu es un cadavre en sursis ».

Mais ce n'était pas du tout à ça qu'elle ressemblait en ce moment.

Les yeux écarquillés, les joues empourprées, elle évoquait plutôt Glenn Close dans *Liaison Fatale*.

— Tu n'as pas le droit de jouer avec moi.

Oh, non !

— Mais je ne joue pas ! protesta Alex.

— Tu éveilles des sentiments chez moi pour me rejeter ensuite ? Pour qui te prends-tu ?

— Buffy, je t'en supplie, calme-toi !

Alex se sentit tout à coup très nerveux. Dans son état normal ou pas, Buffy restait la Tueuse : une fille capable de lui briser le cou avant qu'il ait le temps de dire « Ouf ! ».

— Je me calmerai quand tu te seras expliqué.

— Ecarte-toi de lui ! Il est à moi !

C'était Amy, mais sans Giles ni Mlle Calendar.

Ce qui veut dire qu'ils la cherchent alors qu'elle est ici. Génial. Monsieur Je-Ne-Peux-Pas-Gagner a encore frappé.

— Je ne crois pas, ricana Buffy. Alex, dis-lui.

— Quoi ? balbutia le jeune homme, qui n'était pas sûr de la conduite à adopter. Je... Je...

— Il n'a pas besoin de parler : je sais ce que réclame son cœur, dit Amy.

Elle fit mine de se diriger vers Alex, mais Buffy s'interposa.

— C'est amusant, parce que moi, je sais ce que réclame ta figure.

Et elle flanqua un coup de poing dans le nez d'Amy.

Ça tourne mal. Ça tourne très mal.

Buffy pivota vers Alex. Elle ressemblait plus que jamais à Glenn Close.

— Tu me trompes, maintenant ? cracha-t-elle.

Ça tourne très très mal.

— Déesse Hécate, entonna Amy derrière Buffy. (Elle se releva et gesticula.) Exerce ton pouvoir.

— Oh oh, marmonna Alex, paniqué.

Les yeux d'Amy s'assombrirent pendant qu'elle continuait son incantation.

— Fais ramper devant moi la créature impure !

Du feu rouge jaillit de ses mains et enveloppa Buffy.

Quelques instants plus tard, la Tueuse avait disparu. Il ne restait d'elle que son imperméable et ses chaussures abandonnées sur le sol.

— Buffy ! s'écria Alex. Oh, mon Dieu !

Ça tourne très très très mal.

Evidemment, Giles et Mlle Calendar choisirent ce moment pour revenir.

— Que s'est-il passé ? demanda Giles.

Il remarqua des vêtements chiffonnés aux pieds d'Alex.

— Où est Buffy ?

Le jeune homme hésita.

Comment vais-je lui dire que sa Tueuse vient de se faire désintégrer par ma faute ?

Mais un très gros rat s'échappa d'une manche de l'imperméable.

D'un côté, Alex fut soulagé. Une Tueuse transformée en rat, c'était quand même mieux qu'une Tueuse morte.

De l'autre, il n'y avait pas de quoi se réjouir, parce qu'une Tueuse transformée en rat serait bien en peine de remplir ses fonctions.

Tandis que le rongeur trottinait à la recherche d'un endroit où se cacher, Giles se prit la tête entre les mains.

— Oh, mon Dieu...

Amy foudroya Mlle Calendar du regard.

— Qu'est-ce qu'elle fiche ici, elle ?

— Tu ne veux pas te concentrer une seconde ? cria Alex. Tu viens de transformer Buffy en rat !

— Buffy est capable de prendre soin d'elle-même, affirma la jeune fille en se suspendant à son bras. Pourquoi on n'irait pas dans un endroit un peu plus calme ?

Alex se dégagea.

— Tu permets ? Je n'irai nulle part tant que tu ne lui auras pas rendu sa forme humaine.

Mais Mlle Calendar lui saisit l'autre bras.

— Tu l'as entendu, siffla-t-elle à l'adresse d'Amy. Il ne veut pas de toi. Alors, fais ce qu'il te dit et débarrasse le plancher !

— Pour qui vous prenez-vous ? protesta la jeune fille. Vous êtes assez vieille pour...

— Hé oui, coupa Mlle Calendar avec une mesquinerie dont Alex ne l'aurait pas crue capable. Mais Alex est bien trop adulte et bien trop viril pour s'intéresser à une lycéenne acnéique.

Amy faillit s'étrangler de rage.

Puis ses yeux s'assombrirent de nouveau.

— Déesse Hécate, exerce ton pouvoir...

Elle fut interrompue par Alex, qui lui posa une main sur la bouche.

— Ça suffit avec Hécate ! cria-t-il tandis que les yeux d'Amy reprenaient leur couleur normale.

Giles se décida à intervenir. Empoignant l'apprentie-sorcière et le professeur d'informatique, il les guida vers son bureau.

— Vous vous asseyez et vous ne bougez pas, ordonna-t-il.

Puis il se tourna vers Alex.

— Il faut qu'on rattrape Buffy.

Tandis que les deux femmes obéissaient à contrecœur, Alex regarda autour de lui et vit le rat se glisser derrière le présentoir des revues, près de la porte.

— Par là ! s'exclama-t-il.

Il se précipita vers le présentoir et, se tordant le cou, jeta un coup d'œil derrière.

— Gentille Buffy. Viens voir...

Il n'eut pas le temps de terminer sa phrase, car quelqu'un approchait de lui. Croyant que c'était Giles, il se retourna...

Et reçut un coup de poing dans la mâchoire.

Alors qu'il s'effondrait sur le sol, Oz secoua la main.

— Ça fait mal, constata-t-il.

— Oui, surtout à moi, fulmina Alex.

Ce n'était vraiment pas le moment de l'embêter.

— Qu'est-ce qui te prend ?

— J'ai passé la nuit au téléphone à écouter Willow pleurer à cause de toi. Je ne sais pas ce qui s'est passé entre vous, mais ça m'a donné une forte envie de te frapper.

Oz tendit la main pour aider son rival à se relever.

Alex l'accepta, sa colère s'évanouissant aussitôt. Il ne pouvait pas dire qu'il ne l'avait pas mérité.

— Je te jure que je ne l'ai pas touchée.

— Alex ! cria Giles. Tu t'occupes de Buffy ?

Le jeune homme hocha la tête et regarda le présentoir, mais le rat avait disparu. Voyant l'air intrigué d'Oz, il lui expliqua :

— Amy a transformé Buffy en rat.

— Oh.

Alex s'attendait à cette réaction – ou plutôt, à cette absence de réaction – de la part d'Oz.

Il a le tempérament idéal pour vivre sur la Bouche de l'Enfer.

Giles cherchait toujours Buffy.

— Je ne la vois plus. (Il se tourna vers Alex.) S'il lui arrive quoi que ce soit, je jure que...

Il s'interrompit. Le jeune homme fut soulagé de ne pas devoir entendre la suite.

— Rentre chez toi, ordonna Giles, plus furieux qu'Alex ne l'avait jamais vu. Et enferme-toi. Si tu restes ici, tu causeras davantage de problèmes. Amy, Jenny et moi allons tenter de neutraliser le charme.

Il se tourna vers Oz.

— Tu veux bien nous aider à chercher Buffy ?

— Sûr. Pas de problème.

Alex ouvrit la bouche pour dire quelque chose (quoi, il ne savait pas au juste : des excuses, peut-être ?), mais un regard de Giles l'en dissuada.

— Va-t'en ! lui ordonna le bibliothécaire. Disparais de ma vue !

Alex poussa un soupir et s'exécuta.

Cordélia ignorait comment elle avait survécu à cette journée. On aurait cru que toutes les filles de l'école mouraient d'envie de la poignarder.

Peut-être une de ces histoires de la Bouche de l'Enfer que Buffy passe son temps à essayer de régler...

Cordélia se dirigea vers son casier pour y ranger ses livres, puis décida d'aller à la bibliothèque pour voir si Giles pourrait éclairer sa lanterne.

Quand elle arriva, elle se retrouva cernée. On eût dit que toutes les filles du lycée s'étaient rassemblées, ainsi que la moitié féminine du corps professoral. Toutes regardaient Cordélia comme si elle venait de tuer père et mère.

— Quoi encore, vous n'aimez pas le code de mon casier ? s'irrita Cordélia.

Harmony fit un pas en avant.

— C'est injuste. Tu ne l'as jamais aimé ! Tu t'es simplement servie de lui. Tu me donnes envie de vomir.

— Si tu as besoin d'une aspirine, il suffit de me le demander, répliqua Cordélia, soudain nerveuse.

Quelque chose cloche. Dans les grandes largeurs.

Alors, Harmony la gifla.

Stupéfaite, Cordélia mit quelques secondes à réaliser.

Puis Katie la poussa contre le mur.

D'accord. Cette fois, c'est officiel : j'ai un problème.

Dori la saisit par les épaules. Kimberley lui tira les cheveux. Harmony la gifla une seconde fois. Une fille de son cours de biologie la tira par le bras. Laura tenta de la mordre. Une élève de seconde la griffa.

Cordélia se roula en boule sur le sol, submergée par les lycéennes en colère.

La cuisinière de la cafétéria brandit son rouleau à pâtisserie.

Mon Dieu, je vais mourir, pensa Cordélia.

Elle n'avait pas eu aussi peur depuis que la fille invisible l'avait ligotée à son trône de Reine de Mai en menaçant de lui refaire le portrait au scalpel et sans anesthésie. A l'époque, Buffy l'avait sauvée.

Alors, où est Mlle l'Elue quand on a besoin d'elle ?

— Tu croyais pouvoir faire mieux, c'est ça ? enragea Harmony.

— Non, protesta Cordélia, je...

— On va te faire passer l'envie de te moquer d'Alex, gronda Gwen.

— C'est lui ! C'est lui ! brailla soudain Katie.

Plusieurs filles se précipitèrent vers Alex, qui venait d'entrer dans le couloir. Un instant, il se figea comme un cerf pris dans la lumière des phares d'une voiture ; puis il courut vers Cordélia.

La jeune fille tenta de se lever. Mais Laura lui flanqua un coup de poing et elle s'effondra de nouveau.

Se frayant un chemin parmi la foule de ses admiratrices déchaînées, Alex prit Cordélia dans ses bras.

La jeune fille ne protesta pas. Peu importait qu'elle le détestât deux minutes plus tôt ; elle enfouit la tête au creux de son épaule et pleura.

Quand ils furent sortis du bâtiment, Alex la reposa.

— Je crois que..., commença le jeune homme.

Au premier coin de rue qu'ils franchirent, ils se retrouvèrent nez à nez avec une seconde foule en colère. Menée par Willow.

— ... Nous les avons semées, acheva piteusement Alex.

Sa meilleure amie brandissait une hache.

— J'aurais dû me douter que je te trouverais avec elle, dit-elle, crachant ses mots comme une actrice de feuilleton télévisé.

— Allons, Will. Tu ne voudrais pas me faire de mal...

— Ah, tu crois ? Tu ne sais pas à quel point c'est difficile pour moi. Je t'aime tant que je préférerais te savoir mort plutôt qu'avec elle.

Pourquoi faut-il que Willow choisisse ce moment précis pour s'affirmer ? se demanda Cordélia.

La première foule, conduite par Harmony, arriva derrière les deux fugitifs. Willow levant sa hache et faisant mine de l'abattre sur la tête d'Alex, Harmony leva un bras pour l'arrêter.

Cordélia et Alex profitèrent de la bagarre générale pour prendre leurs jambes à leur cou.

Rupert Giles passa une main dans des cheveux qui se clairsemaient et maudit tous les adolescents du monde.

Depuis que ses expériences occultes de jeunesse étaient connues de tous, il pensait que Buffy et ses amis avaient retenu la leçon.

Apparemment, pas Alex.

Le jeune homme avait foncé tête baissée et commis la même erreur que Giles vingt ans plus tôt. A l'époque, l'invocation du démon Eyghon avait entraîné une mort, et deux autres plus récemment ; sans compter les risques qu'elle avait fait courir à Buffy et à Jenny

Si Giles ne trouvait pas un moyen de rompre le charme jeté par Amy, le bilan pouvait être encore plus désastreux cette fois.

Pourtant, une part de lui refusait de se mettre en colère contre Alex. Après tout, le jeune homme avait sauvé la vie de Buffy après que le Maître l'eut abandonnée pour morte...

Il avait affronté plus d'épreuves que n'importe quel adolescent. Non content de conserver sa santé mentale, il s'était montré d'une loyauté à toute épreuve envers Buffy et sa cause.

Je regrette juste qu'il soit aussi impulsif...

Pour le moment, Buffy était changée en rat, et Giles devait trouver très vite un moyen de lui rendre sa forme originale.

— Tu as dû te tromper de rituel, dit-il à Amy, qui boudait toujours sur sa chaise. Au lieu de rendre Cordélia vulnérable à ton sort, le collier l'a sans doute protégée. Ça devrait être assez facile à annuler. Mais je me demande où tu as appris à changer les gens en animaux...

— Pourquoi avez-vous chassé Alex ? gémit Amy. Il a besoin de moi.

— Et puis quoi encore ? ricana Jenny, qui faisait les cent pas.

— Il m'aime, insista Amy. Chacun de nous a regardé au fond de l'âme de l'autre.

— Aucun homme ne peut aimer deux femmes à la fois, et le cœur d'Alex m'appartient déjà !

— Au lieu de me donner la nausée, explosa Giles, pourquoi n'essayez-vous pas de m'aider ?

Amy et Jenny avaient toutes deux des pouvoirs et elles savaient les utiliser. Le bibliothécaire avait un moment espéré qu'elles se libéreraient seules de l'enchantement.

A l'évidence, il n'en était rien.

Amy se radossa à sa chaise, croisa les bras sur sa poitrine et fit la moue butée que Giles trouvait si exaspérante chez les adolescents.

— Vous n'avez aucune idée de ce que j'endure, déclara-t-elle, mélodramatique.

— Je sais que ce n'est pas de l'amour, répliqua Giles. C'est une simple obsession, égoïste et banale. Alex s'est fourré dans un horrible pétrin. Si tu te souciais vraiment de lui, tu m'aiderais à le sauver plutôt que de te lamenter en te regardant le nombril.

« A présent, mettons-nous au travail. Jenny...

Il se tourna vers la prof d'informatique.

Mais celle-ci avait disparu.

— Il ne manquait plus que ça, marmonna Giles.

CHAPITRE VI

Il leur fallut plus d'une heure pour réussir à semer les deux hordes de poursuivantes, qui avaient fini par abandonner leur querelle pour se liguer contre eux. Alex ne savait pas ce qu'elles mijotaient.

Sachant qu'elles étaient cinglées, elles n'avaient sans doute pas de véritable plan...

Le jeune homme se souvint des foules en colère qu'il avait vues au cinéma, et des émeutes évoquées par son professeur d'histoire quelques semaines plus tôt.

Du coup, il courut plus vite.

Quand ils atteignirent Revello Drive, le soleil s'était couché.

— Cette fois, je pense que nous les avons semées, déclara Alex.

Cordélia avait gardé un silence très inhabituel chez elle pendant qu'ils couraient dans les rues de Sunnydale en évitant toutes les silhouettes, vaguement féminines.

A présent que la brigade des œstrogènes était loin derrière eux, elle explosa.

— Alex, que se passe-t-il ? Ces filles te prennent pour Elvis ou quoi ?

Alors qu'ils arrivaient en vue du numéro 1630, Alex suggéra :

— C'est la maison de Buffy. Réfugions-nous à l'intérieur. Je t'expliquerai plus tard.

C'était sans doute l'abri le plus sûr, à l'exception peut-être de l'appartement de Giles. Mais celui-ci était un peu loin. Et la clé devait être dans la poche de son propriétaire, donc toujours au lycée.

Et la maison des Harris serait sans doute le premier endroit où leurs poursuivantes les chercheraient.

Par bonheur, la mère de Buffy ne faisait pas d'heures supplémentaires à la galerie ce jour-là.

C'est la première fois que j'ai du bol depuis une semaine, songea Alex.

— Alex, Cordélia ? s'étonna Joyce Summers en les laissant entrer. Que s'est-il passé ? Pourquoi êtes-vous couverts d'égratignures ? Où est Buffy ?

Alex hésita.

— Euh... quelque part dans le coin.

Joyce les précéda dans la cuisine.

— Asseyez-vous et racontez-moi tout ça. (Elle se tourna vers Cordélia.) Tu devrais aller chercher des bandages dans la salle de bains, au premier étage.

La jeune fille acquiesça et se dirigea vers l'escalier.

Alex se laissa tomber sur une chaise. La fatigue des heures précédentes s'abattit tout à coup sur ses épaules.

Cette fois, au moins, les choses ne peuvent plus empirer.

— Je peux t'offrir quelque chose à boire ? demanda Joyce. Tu veux du froid ou du chaud ?

Répondre à cette question aurait nécessité plus d'énergie qu'il n'en restait à Alex.

— Je, euh..., balbutia-t-il.

Joyce passa derrière lui et lui posa les mains sur les épaules.

— Je crois que quelque chose de chaud conviendrait mieux ce soir, ronronna-t-elle.

Oh, non. Non, non, non.

Alex laissa tomber sa tête sur la table. Le son que cela produisit lui sembla vraiment très creux.

— Comme vous voulez, lâcha-t-il, vaincu.

Joyce lui massa les épaules. En dépit de tout ce qui venait de se passer, ça n'était pas désagréable.

— Mon Dieu, tu es affreusement tendu, constata-t-elle.

— Que faites-vous ? cria Cordélia dans leur dos. Bas les pattes !

— Retourne à l'étage, ordonna sévèrement Joyce. C'est entre Alex et moi.

Et voilà, c'est reparti...

— Ça m'étonnerait beaucoup, répliqua Cordélia en bousculant la mère de Buffy.

Elle la saisit par le bras et l'entraîna vers la porte de derrière.

— Lâche-moi ! cria Joyce en se débattant.

Mais Cordélia parvint à la maîtriser, la poussa dehors et referma la porte.

— Et je vous interdis de poser vos mains décrépites sur mon petit ami ! cracha-t-elle.

Alex s'autorisa un regain d'espoir.

— Mon ex-petit ami, corrigea aussitôt Cordélia.

Le jeune homme soupira.

La jeune fille se tourna vers lui.

— Pourquoi sont-elles toutes devenues folles ?

— Folles ? répéta Alex, vexé. (*« Bizarres » auraient suffi.*) Te paraît-il si impossible que d'autres femmes me trouvent séduisant ?

— La seule façon de les mettre dans cet état serait de recourir à la sorcellerie, déclara Cordélia, catégorique.

— Ça, c'est franchement..., commença Alex, avant de s'interrompre. (Ses épaules s'affaissèrent.) Franchement bien vu, soupira-t-il.

Une pierre brisa le carreau de la porte de derrière. La main de Joyce apparut dans l'ouverture et chercha le verrou à tâtons.

— Alex, mon chéri, laisse-moi entrer !

Les deux jeunes gens échangèrent un regard, se précipitèrent hors de la cuisine et montèrent l'escalier.

La chambre de Buffy. Là, au moins, il y aura des armes.

Alex referma la porte derrière eux et poussa un soupir de soulagement.

Cette fois, j'en suis sûr, les choses ne peuvent plus empirer.

Il se dirigea vers la fenêtre et regarda à l'extérieur. La rue était déserte, à l'exception d'une voiture qui passait.

— Super. Les filles ne nous ont pas encore retrouvés. Nous devrions être en sécu...

Soudain, Angel passa la tête à l'intérieur de la chambre, saisit Alex par le col de sa chemise et répliqua :

— En théorie seulement.

D'une secousse, il tira le jeune homme sur le toit en pente du premier étage. Il avait ce que Buffy appelait sa tête des mauvais jours : ses traits vampiriques de prédateur.

— Alex ! cria Cordélia.

Angel attira Alex contre lui.

— Où est Buffy ?

— Cordy, sauve-toi ! beugla le jeune homme, espérant que son amie aurait le bon sens de l'écouter.

Angel jeta Alex du toit. Le jeune homme atterrit sur ses jambes et eut le bon sens de plier les genoux pour amortir l'impact. Il réussit à ne rien se casser, mais ses chevilles cédèrent et il roula sur le sol.

Une seconde plus tard, Angel le rejoignit d'un bond gracieux.

— Parfait, grimaça-t-il en empoignant Alex et en le forçant à se relever. Je voulais faire quelque chose de spécial pour Buffy... Non, *à* Buffy, en réalité. Mais ça va être encore mieux...

Refusant de mourir sans combattre, Alex lui flanqua un coup de genou dans l'entrejambe. Mais quand il tenta de s'enfuir, le vampire le rattrapa et le jeta sur la pelouse. Puis il le saisit de nouveau par le col et l'attira contre lui.

— Si ça peut te consoler, dit-il en découvrant ses crocs, je me sens très proche de toi en ce moment.

Avant qu'il puisse mordre Alex, une main l'empoigna et le força à s'écarter.

— Buffy ?

Ce n'était pas Buffy, qui devait encore errer dans Sunnydale à la recherche d'un morceau de gruyère.

C'était Drusilla !

— Ne t'inquiète pas, mon chaton. Maman est là.

Et elle affichait le même sourire que toutes les autres filles... canines surdéveloppées en plus.

Alex frissonna de la racine des cheveux jusqu'à la pointe de ses chaussettes. Il n'avait pas pensé que le sort puisse aussi affecter les femelles vampires. Sans compter que Drusilla n'était pas n'importe quelle vampire, mais la plus cinglée de toutes.

— Je ne sais pas à quoi tu joues, Dru, mais ça ne m'amuse pas ! cria Angel.

Drusilla se dressa entre le vampire et Alex.

— Si tu touches à un seul cheveu de sa jolie petite tête..., menaça-t-elle.

— Tu plaisantes ? (Angel éclata d'un rire incrédule.) Lui ?

— Tu es jaloux parce que j'ai enfin trouvé un homme, un vrai, accusa Drusilla.

Angel secoua la tête.

— Un homme, un vrai ? Je vois que j'ai réussi à te rendre folle.

Puis il sembla se fondre dans les ténèbres, et se volatiliser comme au bon vieux temps, quand il apparaissait de temps à autre pour prévenir Buffy d'une catastrophe imminente.

Drusilla se tourna vers Alex, qui n'avait jamais eu aussi peur de sa vie.

— Ton visage est un poème, murmura la vampire sur un ton rêveur. Et je peux le lire...

— Vraiment ? Il n'y aurait pas écrit : « Epargne-moi », par hasard ? balbutia Alex.

Drusilla lui posa un doigt sur les lèvres.

— Chut... Que penses-tu de la vie éternelle ?

— On pourrait peut-être commencer par aller boire un café ensemble, suggéra le jeune homme.

Au moment où Drusilla se penchait vers lui pour faire par amour ce qu'Angel voulait faire par haine, des voix coléreuses résonnèrent derrière eux.

— Il est là !

— Attrapez-le !

Alex n'avait jamais été aussi heureux de voir une foule en colère.

Drusilla et lui furent rapidement séparés par une horde de furies qui déchirèrent ses vêtements, lui tirèrent les cheveux et faillirent le tailler en pièces dans l'espoir de se l'approprier.

D'accord, « heureux » est peut-être un peu exagéré.

— Il est à moi !

— Non, à moi !

Puis Willow se plaça devant lui en brandissant sa hache.

— Tout ce que tu avais à faire, c'était de m'aimer !

Avant qu'elle puisse commettre l'irréparable, Cordélia se jeta sur elle et la projeta à terre.

L'ex-petite amie d'Alex se releva précipitamment, le prit par la main et l'entraîna vers la maison.

Les groupies du jeune homme n'arrivant pas à se mettre d'accord sur l'identité de sa bien-aimée, elles continuèrent à se battre entre elles plutôt que de le poursuivre.

Cordélia et Alex réussirent ainsi à atteindre leur refuge sains et saufs.

Avec un rictus amusé, Angélus regarda les furies humaines se disputer Alexandre Harris.

A présent, il comprenait. Quelqu'un avait jeté un sort qui rendait le jeune homme irrésistible aux yeux de toute la population féminine de Sunnydale.

Angélus éclata de rire.

Parfait ! Je n'aurais pu imaginer pire torture pour lui, même si j'avais essayé.

Il considérait les amis de Buffy comme des poids morts dont il n'avait pas à s'inquiéter. Seuls l'Observateur et la Tueuse avaient de l'importance.

Willow Rosenberg avait un certain potentiel, et Jenny Calendar pouvait à l'occasion être une menace mineure. Mais Alexandre Harris n'était qu'un bon à rien.

Pourtant, Buffy semblait tenir à ce minable. En conséquence, tout ce qui pouvait causer sa perte réjouissait Angélus.

Le seul problème, c'était Drusilla. Mais tout allait s'arranger à présent que les deux fuyards s'étaient barricadés dans la maison.

Harris et sa copine – comment s'appelait-elle déjà ? Cordélia – avaient verrouillé la porte de devant. Sans se laisser démonter, Drusilla avait conduit la foule d'enragées vers celle de derrière, qu'elle arracha de ses gonds.

Les autres femmes entrèrent, mais la vampire en fut empêchée par une barrière invisible.

— Navré, Dru, dit Angélus en éclatant à nouveau de rire. (Il se rapprocha.) Voilà ce qui se passe quand on n'a pas été invité...

Les vampires ne pouvaient pas entrer dans une maison sans que les occupants les en aient priés. Buffy l'avait fait pour Angel l'année précédente, quand ils s'étaient réfugiés chez elle pour échapper au Trio.

A l'époque où l'Irlandais soûl contrôlait encore ce corps...

Dru n'avait pas eu ce privilège. Donc, elle ne pouvait pas entrer.

— Ma puce, retournons à la maison et laissons la Bouche de l'Enfer faire le travail à notre place, suggéra Angélus.

— Alex est là-dedans, pleurnicha Drusilla.

— S'il te plaît, Dru... Ne m'oblige pas à utiliser la force.

Cordélia verrouilla la porte derrière eux. En se retournant, elle découvrit Mme Summers, un énorme couteau à la main.

— Ça ne marchera jamais entre nous, Alex. Il faut mettre un terme définitif à cette histoire.

Les deux jeunes gens s'élancèrent vers la cave. Quand ils s'y furent barricadés, Alex regarda autour de lui.

Cordélia secoua la tête.

— J'ai une étrange impression de déjà vu...

C'était là qu'avait débuté leur liaison houleuse et controversée.

Comme si j'avais besoin qu'on me le rappelle, pensa la jeune fille.

— Encore une raison de ne pas sortir avec toi : chaque fois qu'on se retrouve tous les deux, quelqu'un essaye de me tuer, déclara-t-elle, furieuse. Qu'est-ce qu'on fait maintenant, on attend le retour de Buffy ?

Alex saisit un marteau, deux ou trois clous et une planche.

— A ta place, je ne retiendrais pas mon souffle, marmonna-t-il.

Puis il entreprit de clouer la planche derrière la porte.

Génial : c'est la nuit des Folles Psychotiques Mortes-Vivantes, pensa Cordélia.

Toute la population féminine de Sunnydale était en train de s'acharner sur la porte de la cave.

Je n'arrive pas à croire qu'il m'arrive une chose pareille. Qu'est-ce que j'ai fait pour mériter ça ?

— Passe-moi un autre clou, ordonna Alex.

Cordélia s'exécuta.

— Si nous mourons ici...

— Rien de tout ça ne serait arrivé si tu n'avais pas rompu avec moi. Mais ta popularité comptait trop !

Cordélia écarquilla les yeux.

— Moi ? Ce n'est pas moi qui ai trempé dans la magie noire pour attirer les filles ! Félicitations, ça a marché !

— Ça aurait marché si tu n'avais pas eu la peau si dure, répliqua Alex en achevant de clouer la planche. Même la magie ne peut pas la pénétrer.

Cordélia sentit sa mâchoire inférieure tomber sur sa poitrine. Elle saisit Alex par le bras.

— Tu veux dire que... le sort était pour moi ? s'enquit-elle, hébétée.

Cette idée ne l'avait même pas effleurée. Elle avait pensé que le jeune homme se conduisait comme un crétin, pour changer un peu.

Soudain, un énorme couteau transperça le battant. Cordélia poussa un hurlement aigu et descendit l'escalier en courant, Alex sur ses talons. Elle entendit la porte voler en éclats.

Les deux jeunes gens voulurent se réfugier dans un coin de la cave. Mais un poing s'écrasa sur la vitre du soupirail : d'autres filles essayaient d'entrer par là.

— Oh, mon Dieu, gémit Cordélia.

— Reste derrière moi, ordonna Alex en brandissant une clé à molette.

Génial, songea Cordélia. *Ça va les retenir pendant au moins deux secondes et demie.*

Puis les furies envahirent la pièce.

CHAPITRE VII

Oz devait admettre que sa vie avait beaucoup changé depuis qu'il fréquentait Willow.

Non qu'il eût des objections à formuler...

D'abord, il avait une petite amie : une fille intelligente et adorable, sur la même longueur d'ondes que lui. Ensuite, ses amis lui avaient filé un sérieux coup de main quand la morsure de son cousin Jordy l'avait transformé en loup-garou.

Pour finir, ils lui avaient fourni des explications à tous les phénomènes étranges qui se produisaient en ville. Plus des prétextes pour faire des choses inhabituelles, comme voler des armes dans une base militaire ou chasser des gens transformés en rats.

Cette mission s'avérait plus difficile qu'Oz n'aurait cru. Il avait perdu Buffy après qu'elle était sortie de la bibliothèque. Depuis, il la cherchait en vain.

Balayant les environs du regard, il entendit quelqu'un jurer. Il se dirigea vers la source du bruit et découvrit Chris, un type de son cours d'histoire.

— Yo, Oz ! tu as vu ça ?

— Quoi donc ?

— Le rat monstrueux qui vient juste de me filer entre les jambes !

— Euh, non.

Chris secoua la tête.

— Tu ne t'étonnes jamais de rien, pas vrai ?

Oz haussa les épaules.

— Plus depuis que j'ai appris que les vampires existaient. Les autres découvertes pâlissent un peu en comparaison.

Chris eut un petit rire amusé, comme si son camarade venait de faire une bonne plaisanterie.

Puis il s'éloigna.

— C'est ça, mec ! Fais gaffe à ce rat.

Dès qu'il fut hors de vue, Oz se dirigea vers l'escalier de la chaufferie.

— Buffy ? appela-t-il.

Il ne voulait pas éclairer, sachant que les rongeurs fuyaient la lumière.

Il découvrit une lampe-torche pendue au mur et l'alluma pour ne pas risquer de trébucher dans le noir. Mais il ne vit aucun signe du rat.

A un moment, il entendit un chat miauler et cracher. Il se demanda si le concierge avait songé à installer des pièges à souris dans le coin.

La musique de *Ben* s'égrenant dans sa tête, Oz poursuivit ses recherches.

— Buffy...

Giles avait d'abord entraîné Amy jusqu'à son casier pour qu'elle y prenne son livre de sorts et les composants nécessaires ; puis il la suivit dans le laboratoire de chimie où elle avait conduit le rituel l'avant-veille.

Après qu'il le lui eut demandé trois fois, la jeune fille consentit enfin à dessiner un symbole féminin sur le sol pendant qu'il préparait les herbes.

— Bien, dit-il quand tout fut prêt. On y va. Toi d'abord.

Ils étaient convenus qu'Amy annulerait la transformation animale de Buffy et que Giles se chargerait du sortilège d'amour. La jeune fille ayant catégoriquement refusé de s'en occuper, le bibliothécaire, qui n'était pas d'humeur à discuter ou à temporiser, avait décidé de s'y coller lui-même.

Je ne me suis pas trop mal débrouillé en magie ces derniers temps. Surtout pour un type qui avait il y a vingt ans décidé de ne plus jamais y toucher...

Quand l'eau bouillit et qu'une odeur atroce emplit l'air, Amy ouvrit son livre de sorts pendant que Giles jetait une touffe de poils de rat dans le breuvage.

— Diane, Hécate... Je vous demande de repartir... Déesses des créatures grandes et petites, je vous conjure de vous retirer... lut la jeune fille sans conviction.

Une bouffée de fumée rouge monta du récipient.

Un de moins, songea Giles, soulagé.

Il espéra qu'Amy ne s'était pas trompée et qu'elle ne venait pas de changer Buffy en salamandre.

Tenant d'une main le collier de Cordélia au-dessus du breuvage, et de l'autre le grimoire pris à Amy (partie bouder dans son coin), Giles entonna :

— Diane, déesse de l'amour, retire-toi ! Nous ne voulons plus écouter ton chant de sirène !

Il lâcha le pendentif dans le récipient. Cette fois, une lumière rouge vif envahit le laboratoire.

Puis les ténèbres retombèrent.

— Que... Que s'est-il passé ? balbutia Amy.

Une réaction que Giles considéra comme un bon signe.

Buffy réalisa que le fromage qu'elle avait failli manger était coincé dans un piège à souris.

Puis le brouillard qui enveloppait son cerveau sembla se dissiper.

Alors elle s'avisa qu'elle était complètement nue.

Elle se tenait derrière une pile de caisses. De l'autre côté, Oz braquait sur elle le faisceau d'une lampe-torche.

A sa décharge, et au grand soulagement de la jeune fille, il l'éteignit dès qu'il vit dans quelle tenue elle était... ou plutôt, dans quelle tenue elle n'était pas.

— Salut, Oz, souffla Buffy.

— Salut.

— J'ai un petit problème de nudité, à ce qu'on dirait.

— Mais tu n'es plus un rat, dit le jeune homme. A ta place, je considérerais ça comme une amélioration.

Buffy ne trouva rien à répliquer.

— Tu crois que tu pourrais aller me chercher des vêtements ?

— Bien sûr. Ne bouge pas d'ici, fit Oz en rebroussant chemin vers l'escalier.

— Pas de danger, affirma Buffy, parfaitement sincère.

Cette fois, c'est la fin, songea Alex. *Nous allons mourir.*

De toutes les façons dont j'imaginais ma fin, être battu à mort par une horde de femmes folles de désir sur le sol de la cave de Buffy n'arrivait pas en tête de liste... Loin s'en faut.

Soudain, le calme revint.

Levant la tête, Alex vit que toutes les furies – Willow, Harmony, Katie, Gwen, Laura, Mlle Calendar, la mère de Buffy et les autres – s'étaient figées, clignant des paupières d'un air hébété.

— Que... ? commença Joyce Summers. Qu'avons-nous... ?

Cordélia lui fit son plus beau sourire de Reine de Mai.

— Une entreprise de dératisation rondement menée, non ?

— Une dératisation ?

Le lendemain matin, Buffy éclata de rire en traversant la cour du lycée avec Alex. Le jeune homme finissait de lui raconter son histoire, y compris le passage un peu pénible avec Angel et Drusilla.

— Ta mère a eu l'air d'y croire, protesta-t-il, sur la défensive.

— C'est ce qu'elle prétend. A mon avis, elle a eu tellement peur en comprenant qu'elle avait dragué un de mes amis qu'elle refoule ses souvenirs. Elle est très douée pour ça. A un point qui m'inquiète presque.

Alex soupira.

— Et voilà, je suis redevenu incroyablement peu populaire !

— C'est mieux que de te faire courser par une horde de furies armées jusqu'aux dents, non ?

Le jeune homme fut obligé de l'admettre.

— Mouais... Mais Willow refuse toujours de me parler.

Buffy lui jeta un regard en coin.

— Ça alors, c'est vraiment bizarre, railla-t-elle.

— Tu crois qu'elle va me faire la tête longtemps ?

— Un bon mois, dans le meilleur des cas. Comprends que ça a été plus dur pour elle, parce qu'elle était amoureuse de toi avant que tu te lances dans la magie. Nous, c'était différent...

Cette fois, ce fut au tour d'Alex de lui jeter un regard en coin. La jeune fille ne lui avait pas encore raconté sa version de l'histoire.

— Tu te souviens de tout, n'est-ce pas ?

— Oh que oui ! Je me rappelle t'avoir fait des avances. Je me souviens de t'avoir supplié de me déshabiller. Et soudain, j'ai eu une irrépressible envie de fromage. (Elle marqua une pause.) Je suis contente que tu ne l'aies pas fait...

— Quoi donc, te donner du fromage ?

— Non, me déshabiller. Tu t'es comporté comme un gentleman.

Au moins, songea Alex, *je n'aurai pas tout perdu dans cette histoire.*

— Tu sais bien que je ne profiterai jamais de toi. J'avoue que j'ai été tenté une seconde, mais...

— Tu as réussi le test, Alex ! le félicita Buffy. Tout espoir n'est peut-être pas perdu pour toi.

Le jeune homme soupira de plus belle.

— Essaye donc de dire ça à Cordélia.

— Sur ce coup-là, je crains que tu doives te débrouiller seul.

Cordélia était décidée à ce que cette nouvelle journée ressemble à toutes les autres, exception faite de la précédente.

Elle allait agir comme s'il ne s'était rien passé la veille. Le 18 février serait une journée ordinaire dans un lycée ordinaire. Pas de sortilèges d'amour, pas de crétin essayant de la reconquérir. Rien de tout ça !

Elle était en train de marcher avec Harmony, Dori, Katie, Kimberley et Laura, plongée dans une conversation passionnante au sujet des garçons. Tout se déroulait comme prévu.

Alors pourquoi suis-je si mal à l'aise ?

— Cody Weinberg m'a appelée hier soir, dit Harmony.

Cordélia en fut impressionnée.

— Celui qui a la 350 SL ?

— Celui-là, oui ! triompha Harmony. Il m'a dit qu'il pensait à moi pour être sa cavalière au bal de l'université, jeudi soir.

— Super ! lança Cordélia, du fond du cœur.

Cody Weinberg était un garçon très présentable. Pas son type – elle n'avait pas pu se résoudre à ressortir avec un blond depuis son fiasco avec Sven le Suédois pendant la Semaine d'Echange Culturel –, mais il serait parfait pour Harmony.

— Je sais ! Il va juste demander à deux autres filles d'abord, et si elles refusent, je...

Avant de pouvoir terminer sa phrase, Harmony entra en collusion avec Alex.

Génial. C'est reparti...

— Fais gaffe où tu mets les pieds ! cria Harmony.

Attendant qu'Alex fasse un scandale, Cordélia fut surprise qu'il se contente de baisser la tête et de marmonner :

— Désolé.

Puis il s'éloigna.

— Heureusement que ta mère t'a habillé ce matin ! lança Harmony dans son dos.

Cordélia vit Alex hésiter et continuer son chemin.

Alors, la lumière se fit dans sa tête.

Quelque chose clochait depuis le moment où ses amies avaient commencé à la snober parce qu'elle sortait avec Alex.

Pour qui se prennent-elles ?

Cordélia Chase lançait les modes. Les gens faisaient la queue pour voir ce qu'elle portait pour l'imiter et ne pas commettre d'erreur vestimentaire. Par définition, tout ce qu'elle faisait était cool.

Alors pourquoi remuer mes fesses aérobiquées dans tous les sens pour faire plaisir à ces andouilles ?

Puis elle pensa au magnifique pendentif en argent, et au garçon qui était prêt à se lancer dans la magie noire pour la reconquérir.

— Pendant que j'y suis, reprit Harmony, vous avez vu le sac à dos de Jennifer ? Il est tellement...

— Ferme-la ! lui ordonna Cordélia.

Son amie s'arrêta net et la dévisagea comme si elle avait perdu la tête. Derrière elle, les autres en firent autant.

Et Alex aussi, un peu plus loin dans la cour.

Parfait. Je veux qu'il entende ça.

— Tu sais ce que tu es, Harmony ? Un mouton, affirma Cordélia.

— Je ne suis pas un mouton !

— Bien sûr que si. Tu passes ton temps à singer les autres pour pouvoir dire que tu as été la première à faire telle ou telle chose. Pas question que je recherche ton approbation alors que je suis beaucoup plus cool que toi ! Personne ne me dit ce que je dois faire. Je porterai ce que je veux porter, et tu sais quoi ? Je sortirai avec qui je veux sortir.

Le visage d'Alex s'éclaira.

— Aussi minable soit-il, acheva Cordélia.

Le sourire du jeune homme s'effaça un peu.

Sur ces mots, Cordélia tourna les talons et se dirigea vers lui. Elle lui prit la main au passage et l'entraîna sans ralentir l'allure.

Dès qu'ils furent hors de vue, elle réalisa ce qu'elle venait de faire et paniqua.

— Oh, mon Dieu...

— Tout ira bien, dit Alex sur le ton d'habitude réservé aux gens qui se tiennent en équilibre au bord d'un toit. Continue à marcher.

— Qu'est-ce que j'ai fait ? se lamenta Cordélia. Elles ne m'adresseront plus jamais la parole !

— Mais si. Si ça peut t'aider, on se disputera chaque fois qu'elles seront dans les parages...

La jeune fille leva vers lui un regard reconnaissant.

— C'est promis ?

— Tu peux compter là-dessus !

CE SOIR (4)

Le plus drôle, pensa Alex, *c'est que Cordélia est la seule chose stable dans ma vie, ces derniers temps.*

Depuis que la jeune fille avait décidé de lui donner une seconde chance, leur relation marchait plutôt bien. Elle avait survécu à la mort de Jenny, de Kendra et d'Angel. Cordélia et Alex continuaient à se disputer, mais ils étaient toujours ensemble.

Le téléphone sonna, arrachant Alex à sa rêverie. Il décrocha.

— Pizzeria Joe, puis-je prendre votre commande ?

— Alex, c'est moi, coupa Cordélia. On se voit demain matin, entendu ?

Alex cligna des yeux.

— Hein ?

— Je disais : on se voit demain matin, répéta Cordélia avec une pointe d'impatience.

— J'ai dû louper un épisode, marmonna Alex.

— Ça, ce n'est pas nouveau ! Je passe te chercher vers onze heures. Ça te laissera tout le temps de traîner au lit comme tu le fais généralement le samedi matin... Même si le centre commercial sera bondé quand on arrivera...

— Le centre commercial ? Pourquoi aller au centre commercial ? demanda Alex, avec l'impression d'avoir roupillé pendant une réunion importante.

— Pour te trouver des vêtements, histoire que tu puisses jeter les frippes de l'Armée du Salut avec lesquelles tu m'embarrasses en public. Tu n'as pas écouté un mot de ce que je t'ai dit ce soir, pas vrai ?

Alex fut à deux doigts de répondre honnêtement. Mais il avait appris une chose depuis qu'il sortait avec Cordélia : avouer qu'on ne se suspendait pas constamment à ses lèvres équivalait au baiser de la mort.

Ou plutôt, à la mort sans le baiser.

— Bien sûr, le centre commercial. Pas de problème. Je suis le Fou de la Mode. Entendez-moi rugir !

— Parfait. On se voit demain matin à onze heures, alors.

Cordélia raccrocha. Elle ne perdait jamais son temps à bavarder au téléphone avec des garçons, car elle avait des tas d'amies dont la conversation était beaucoup plus passionnante. Seules les filles savaient vraiment colporter les ragots.

Observant le téléphone qu'il venait de reposer, Alex songea au champ de mines qu'était devenue sa vie amoureuse ces deux dernières années.

Une Tueuse dotée de pouvoirs surnaturels qui me préfère un vampire. Une mante religieuse géante déguisée en professeur de biologie. Une momie vieille de cinq cents ans. Et la fille que j'ai passé douze ans à mépriser et à insulter !

Non, ma vie n'est pas surréaliste du tout...

Hésitant entre sourire et soupir, Alex se déshabilla, éteignit la lumière, se glissa sous ses couvertures et s'endormit comme une masse.

Puis il rêva de Buffy Summers.

TOUT Buffy EST AU FLEUVE NOIR

17 titres déjà parus
un rendez-vous par mois

Volumes vendus entre € 4,57 (30 FRF) et € 5,34 (35 FRF)

10. RETOUR AU CHAOS

11. DANSE DE MORT

IMMORTELLE (grand format, 89 FRF)

12. LES CHRONIQUES D'ANGEL 3

13. LOIN DE SUNNYDALE

Achevé d'imprimer sur les presses de

BUSSIÈRE

GROUPE CPI

à Saint-Amand-Montrond (Cher)
en février 2001

FLEUVE NOIR
12, avenue d'Italie
75627 Paris Cedex 13
Tél. : 01-44-16-05-00

— N° d'imp. 10443. —
Dépôt légal : mars 2000.

Imprimé en France